W0309828

DANS L'OREILLE
DU CYCLONE

Du même auteur

Cosme
Flammarion, 2018 et Folio, 2020

Le renard et le poulailler
Michel Lafon, 2020

Le roi n'avait pas ri
J.-C. Lattès, 2021 et Le Livre de poche, 2022

Les vraies gens
Sociologie de trottoir
J.-C. Lattès, 2022 et Le Livre de poche, 2023

Petit éloge de la médiocrité
Les Pérégrines, 2023

Peut-on aimer les animaux et les manger ?
La Martinière Jeunesse, 2023

GUILLAUME MEURICE

DANS L'OREILLE DU CYCLONE

ÉDITIONS DU SEUIL
57, rue Gaston-Tessier, Paris XIXᵉ

ISBN 978-2-02-156782-3

© Éditions du Seuil, mars 2024

Le Code de la propriété intellectuelle interdit les copies ou reproductions destinées à une utilisation collective. Toute représentation ou reproduction intégrale ou partielle faite par quelque procédé que ce soit, sans le consentement de l'auteur ou de ses ayants cause, est illicite et constitue une contrefaçon sanctionnée par les articles L. 335-2 et suivants du Code de la propriété intellectuelle.

www.seuil.com

« La libre communication des pensées et des opinions est un des droits les plus précieux de l'Homme : tout citoyen peut donc parler, écrire, imprimer librement, sauf à répondre de l'abus de cette liberté dans les cas déterminés par la loi. »

Article 11 de la Déclaration des droits
de l'Homme de 1789

« Je ris de ce que je veux, quand je veux. »

Charb

« ON PEUT PU RIEN DIRE ! »

Pascal PRAUD

« C'est qui, pour vous, le nazi absolu ? »

Je ris. D'un rire franc. Même pas moqueur. Même pas frondeur.

Un rire spontané, qui vient du ventre.

Assise en face de moi, l'officière de police judiciaire sourit. Elle paraît presque un peu gênée par sa question. L'audition a commencé depuis plus d'une heure. Tout y est passé : mon parcours scolaire, mes parents, mes diplômes, mes cours de théâtre, ma vie sentimentale.

« Avec qui vivez-vous ? Quel est son nom ? Son prénom ? Avez-vous des enfants ? » À mes côtés, mon avocat s'impatiente.

Que faisons-nous entre ces murs qui ont vu passer tant d'escrocs, de voyous et de criminels en tout genre ? Quelques jours plus tôt, une plainte a été déposée contre moi par deux associations : Avocats sans frontières et l'Organisation juive européenne.

L'objet : injure publique et provocation à la haine raciale. Le prétexte : une blague extraite d'une de mes chroniques dans l'émission « Le Grand dimanche Soir » sur France Inter. Une blague reprise depuis plus de trois semaines sur toutes les antennes, dans tous les studios, dans tous les journaux, et sur tous les réseaux sociaux.

« Pour Halloween je vous conseille le déguisement Netanyahu qui marche pas mal. Vous voyez qui c'est ? Une sorte de nazi mais sans prépuce. » Hilarité autour de la table. Applaudissements dans le public. Je pensais avoir correctement fait mon métier : celui d'humoriste. Certes ce n'est pas la blague du siècle. Simplement ma réaction face à l'horreur des bombardements israéliens. On parle alors de 10 000 morts en quelques jours, le secrétaire général de l'ONU compare Gaza à un cimetière pour enfants, et les rapporteurs de l'organisation alertent déjà sur un risque de génocide. La réponse à l'attaque terroriste du Hamas subie par Israël quelques semaines auparavant prétend justifier un déchainement de violences aveugles contre des populations civiles.

Face à la barbarie, j'ai quelques minutes d'antenne pour m'exprimer et un nez de clown. Rien de bien méchant qui puisse blesser. Offenser, peut-être. Choquer, éventuellement. Juste des blagues.

« Vous pouvez répéter la question ? »

L'officière se tourne vers son écran, plisse les yeux, comme pour s'assurer qu'elle-même ne s'est pas trompée dans les termes.

« C'est qui pour vous le nazi absolu ? »

J'aime la réalité. Car elle ne fait pas que dépasser la fiction. Elle la sublime. Quelle probabilité existait-il pour que, un beau matin, je sois convoqué à la police judiciaire en ayant simplement effectué mon travail ? La probabilité que je sois contraint de rendre des comptes à la justice pour une vanne ?

Quel scénariste aurait pu imaginer une chose pareille ? À quel moment cela pouvait-il être crédible ? Cela ne l'était pas. La réalité n'est pas crédible.

Durant cet interrogatoire, j'ai le droit de garder le silence. J'ai également le droit de partir. Ces principes juridiques me sont rappelés dès mon arrivée. Mais j'ai décidé de répondre. D'ailleurs, je ne vois aucune raison de ne pas le faire.

Mon avocat est présent afin de m'épauler et me conseiller. Je me méfie tout de même un peu de moi et de ma propension à ironiser en toute liberté. Et pour cause.

Pour autant, je ne veux pas me dérober. Mieux, l'exercice intellectuel m'intéresse. Expliquer une blague à des policiers, le défi est de taille.

Mais face à cette question précise – « C'est qui pour

vous le nazi absolu ? » –, je me trouve assez déconcerté, comme sur le camembert jaune d'une partie de Trivial Pursuit où la réponse semble trop évidente.

À ma gauche, sur une chaise, un autre officier de police judiciaire m'observe, visage fermé. Depuis le début de l'audition, il s'est placé en retrait et demande des précisions lorsqu'il lui semble que je ne réponds pas assez précisément. Le célèbre dispositif « *good cop, bad cop* », longuement éprouvé, qui a, paraît-il, fait ses preuves.

Bad cop parle sans quitter le léger ton suspicieux de celui qui en a vu d'autres, qui n'est pas dupe. Pas dupe de quoi ? Je ne l'ai jamais su.

Son attitude tranche avec celle de l'officière qui mène l'audition, plutôt souriante et affable. Lorsque j'avais échangé au téléphone avec elle quelques jours avant, elle m'avait paru plutôt sympathique. « Méfie-toi, ce sont les pires », m'avait prévenu mon avocat. Je ne suis pas d'un naturel méfiant. Je n'aurais jamais pu être avocat.

« Bah, euh… J'imagine que c'est Hitler, non ? Disons que ça me paraît quand même assez difficile de lui enlever ce titre-là. » Elle semble satisfaite, se tourne vers son écran, réajuste ses lunettes. Cliquetis sur le clavier. Un coup d'œil au *bad cop*. *Poker face*. Pense-t-il : « *Damned*, raté ! Rah il est fort, il déjoue les pièges » ?

Il faut dire que les pièges, j'y suis habitué. Plus particulièrement depuis le début de cette désormais fameuse histoire. Le fameux… « *Prépucegate* ».

Lundi 30 octobre 2023

Sur CNews, Pascal Praud s'égosille. Jusque-là, rien de nouveau, ni de surprenant. Il a depuis longtemps fait de son émission un endroit où l'on peut venir vomir à loisir sur tout ce qui peut s'apparenter de près ou de loin à un quelconque progrès social, ou à une légère avancée des droits humains. Bref, tout ce qui peut, a priori, rendre le monde un peu moins dégueulasse semble l'angoisser au plus haut point.

Pour ne pas rester seul prisonnier de ses névroses, Pascal s'entoure toujours d'une petite équipe sollicitée pour débiter les mêmes paniques morales et hurler à la mort sur la fin présumée de leurs privilèges. Principalement du vieux mâle blanc alpha qui vient chouiner sur un point médian ou un menu végétarien à la cantine. Une réunion en non-mixité donc, qui conchie les réunions en non-mixité. Du communautarisme de riches, classique.

Plus cocasse : le bandeau qui barre le bas de l'écran. « G. MEURICE : NETANYAHOU UN NAZI SANS

PREPUCE. » Autour de la table tout le monde s'en donne à cœur joie. « Ce qu'a dit monsieur Meurice est une ignominie », s'excite un type. « Cette plaisanterie est, bien sûr, insupportable ! » reprend un autre. « Bon sang de bois », ose même Pascal Praud.

Un chroniqueur tente tout de même une cascade en essayant de nuancer mollement le débat. Regards consternés autour de la table. Engueulade générale.

J'ignore alors ce qui est en train de se passer. Et pour cause, en ce lundi pluvieux, je reçois mes parents, pour deux jours, chez moi. Dans ce type de circonstances, je n'ai aucune difficulté à couper mon téléphone, ou le laisser dans un coin. J'ai toujours utilisé les réseaux sociaux comme un outil pour y faire des blagues ou partager des contenus qui me plaisent. Mais au fil du temps, j'ai aussi appris à m'en détacher. Mes messages privés sur X (ex-Twitter) sont désactivés pour les gens que j'ai décidé de ne pas suivre. Idem sur Facebook où je n'ai même pas de profil personnel mais juste une page. Je n'ai pas davantage de difficulté à délaisser le flux continu de l'actualité. Je ne pouvais donc pas imaginer qu'à cette heure, l'actualité, c'était moi.

Des blagues, j'en ai fait des centaines, des milliers. Certaines jugées de bon goût, de mauvais goût, ratées, réussies, drôles, lourdes, choquantes, timides, lâches, courageuses, ou sans intérêt.

Je n'ai jamais caché mes opinions. C'est même le but de mon métier. Exposer un point de vue en essayant d'en rire et de faire rire. C'est une tentative éminemment subjective et assumée comme telle. Je n'ai aucun problème avec le fait que des gens ne soient pas d'accord avec moi. Fort heureusement, car beaucoup le sont souvent.

Cela ne me dérange pas davantage qu'on puisse débattre d'une blague. Qu'on puisse la juger bonne, mauvaise, opportune ou non.

Sur le plateau de CNews, le moins que l'on puisse dire, c'est qu'ils semblent peu goûter ma plaisanterie. Les mêmes indignations sont répétées en boucle, avec quelques synonymes, toujours dans le champ lexical du scandale.

La séquence s'étire. Jusqu'à s'épuiser elle-même. « Allez, on passe à un autre sujet. Allons voir ce qui se passe à Marseille », conclut Pascal Praud.

Ma relation à distance avec l'animateur est longue et tumultueuse. Il y a quelques années, il avait déjà exigé mon licenciement de France Inter. La cause : une publication postée sur mes réseaux sociaux au moment des discussions sur la loi dite « sécurité globale ». Les rapporteurs du texte prévoyaient d'interdire de filmer la police. Les journalistes s'y opposaient. Une manifestation était prévue. J'avais partagé le visuel d'un Bisounours, matraque à la main, avec en légende #ACAB #AllCopsAreBisounours. Un détournement assez clair d'un slogan bien connu.

« Je trouve ça tellement absolument incroyable. Il dit ACAB. Qu'est-ce que ça veut dire ? *All cops are bastards*. Tous les policiers sont des bâtards », avait hurlé Pascal, trépignant sur son siège. « On en a marre de payer pour ça ! On en a marre de payer notre redevance ! » reprenait sa comparse Élisabeth Lévy. « Mais c'est un scandale ! Un véritable scandale ! C'est juste honteux ! » reprenait Pascal, surjouant l'offense, comme dans une mauvaise scène de boulevard tragicomique dont il a le secret.

Autour de la table, tout le monde abondait dans son sens, répétant des propos que je n'avais donc jamais tenus. La blague me semblait pourtant assez limpide.

Je n'ai jamais su si c'était de l'authentique bêtise ou de la profonde mauvaise foi. Dans le doute, conservons les deux hypothèses.

Quelques mois plus tard, je publie *Le roi n'avait pas ri*, un roman contant l'histoire de Triboulet, bouffon à la cour de François Ier. Peu rancunier et un poil taquin, je décide d'en envoyer un exemplaire à Pascal avec une dédicace : « Ne sommes-nous pas tous le bouffon de quelqu'un ? » Message sur mon répondeur téléphonique : « Magnifique ! Très beau geste ! Geste plein d'élégance. Geste troubadour ! Formidable. Je vous félicite, bravo. Et vive France Inter ! »

Comment s'est-il procuré mon numéro de téléphone ? Je l'ignore encore. Toujours est-il que je m'empresse de raconter l'anecdote à mes proches.

Nous en concluons assez rapidement que Pascal a juste besoin d'un peu d'attention et d'affection. J'en profite pour élaborer une théorie sur « la révolution des câlins », basée sur la nécessité d'aller dorloter, rassurer, chouchouter tous les types qui paniquent face aux progrès sociaux, pour qu'ils arrêtent de ralentir tout le monde.

Le lendemain, je reçois le message d'un ami. « Tu as vu CNews, ce matin ! » Je me connecte sur la page de l'émission, persuadé d'y découvrir la dernière panique morale, type « l'écriture inclusive dans les kebabs » ou « les féministes non épilées en burkini ».

Pascal Praud débute son émission. « J'ai un nouvel ami. » Regards incrédules sur le plateau. Il s'empare de mon livre, le montre à la caméra. Puis avec une voix d'enfant le soir de Noël, il ajoute : « Guillaume Meurice, il m'a envoyé son livre. » « Avec une petite dédicace très sympa », ajoute-t-il avant de conclure : « Bravo ! Merci Guillaume Meurice. C'est mon nouvel ami. Vive le service public ! »

Fin de la séquence. Nouvelle étape de la révolution des câlins franchie avec succès.

Mais, comme dans toutes les relations toxiques, chaque médaille a son revers. Aujourd'hui, Pascal semble contrarié. L'ai-je trop délaissé ? Attend-il plus de moi ? N'ai-je pas su le rendre heureux ? Ou est-il un énorme psychopathe aux forts tropismes réactionnaires ? Difficile d'y voir clair.

Le soir, je dîne avec mes parents et mes beaux-parents. Je jette un coup d'œil aux réseaux sociaux. Il semblerait que l'agitation autour de cette blague commence à monter. Je me prépare une tisane.

Mardi 31 octobre

Avec le temps, je me suis habitué à ce type de polémique montée de toutes pièces, instrumentalisée par une extrême droite qui ne rêve que de privatisation du service public audiovisuel. Dans la plupart des cas, cela dure à peine un jour ou deux. Puis elle trouve une autre indignation inepte, un autre os à ronger.

Je débute donc cette journée sereinement, sans me soucier de ce qui se passe dans l'actualité, car un autre énorme problème se présente à moi : mon évier est bouché. Celui de la cuisine. Pas de chance, je suis aussi doué en plomberie qu'en danse classique.

Heureusement, mon père et mon beau-père sont là, forts de leurs compétences de bricoleur héritées de centaines d'années d'évolution stéréotypée. Au menu du petit-déjeuner : démontage et nettoyage du siphon, inspection des canalisations, et autres joyeusetés qui transforment peu à peu la cuisine en vaste marécage. Bref, nous pataugeons. Allégorie à peine exagérée de ce qui se passe simultanément sur les réseaux sociaux.

Car pendant ce temps, un tweet connait un petit succès. Celui de la rabbin Delphine Horvilleur : « Prépuce ou pas : moi je serais plutôt en faveur de circoncire le temps d'antenne de Guillaume Meurice. » Un appel à la censure pas très surprenant ; les ecclésiastiques préférant généralement tenir l'humour à distance.

Ceci, pour une raison très simple : la religion, pour exister, nécessite d'être prise au sérieux. Or l'humour désacralise. Enlevez tout pouvoir transcendant à un quelconque culte et il disparait de lui-même, dans un immense éclat de rire. Qu'est-ce qu'une religion sans sacré mis à part une amicale d'adorateurs du néant ?

Le message de Delphine Horvilleur est commenté, partagé avec réactions à l'appui demandant des sanctions à mon encontre, me promettant les enfers. Ma blague vient de quitter ce que l'on nomme habituellement la fachosphère pour se répandre partout ailleurs. Tout comme l'eau qui s'écoule devant moi dans la cuisine sans qu'un quelconque Moïse n'intervienne pour maîtriser les flots. Les prophètes sont rarement là quand on a besoin d'eux.

Avant de prier Saint-Maclou pour que l'inondation ne s'étende pas jusqu'au tapis du salon, nous décidons de faire une pause pour aller déjeuner. Direction la crêperie. C'est à ce moment que je jette un coup d'œil à ce qui se passe sur les réseaux sociaux. Je constate que mon nom commence à être cité plus que de raison et que l'on parle beaucoup du « sketch de Guillaume Meurice sur Benjamin Netanyahu ». Ce qui n'était pas le cas.

Cela aurait pu l'être, les autocrates étant toujours d'excellents sujets comiques. Mais ma chronique avait pour thème Halloween. Je m'étais rendu à Kid Expo, un grand salon du jouet, pour interroger des enfants sur leurs angoisses. Les réponses variaient entre « ce qui est moche » et « les messieurs avec des tronçonneuses ». Une séquence parfaitement inoffensive dont quelques esprits malintentionnés avaient extrait cette blague qui figurait dans son introduction. Peut-être même ma chronique la plus mignonne depuis longtemps.

Coup de téléphone de Charline Vanhoenacker, la productrice et présentatrice de l'émission, avec qui je travaille depuis plus d'une dizaine d'années, et avec qui j'ai vécu moult péripéties, nombre de controverses, menaces et autres appels à la censure de la part de celles et ceux qui s'égosillent pour essayer de nous faire taire.

Charline m'informe que la polémique commence à prendre des proportions importantes et qu'il faut que je contacte au plus vite la numéro 2 de Radio France, Laurence Bloch. Elle a été la directrice de France Inter à l'époque où nous avons débuté l'émission « Si tu écoutes, j'annule tout » avec Charline et Alex

Vizorek. Cette émission, d'abord quotidienne, s'est ensuite nommée « Par Jupiter ! » puis « C'est encore nous ! », avant de passer en format hebdomadaire et en public, sous le nom de « Le Grand Dimanche Soir ».

J'ai toujours entretenu de bonnes relations avec Laurence Bloch. Au-delà de nos divergences d'opinion, il m'a toujours semblé pouvoir échanger librement avec elle et de façon constructive. Lorsqu'elle est arrivée à la tête de la station, son mot d'ordre était « Soyez punk ! ». Nous avons fait tous les efforts nécessaires pour le faire vivre au jour le jour, lui créant quelques sueurs froides.

Je lui téléphone. Je perçois immédiatement, au ton de sa voix diplomatique, le calme qui la caractérise. Elle me connaît par cœur. Quand j'ai commencé à faire des chroniques à France Inter, en septembre 2012, elle était déjà là. Depuis, j'en ai fait plus de 1 200. Elle est toujours là. Et elle sait que je suis assez imperméable aux classiques « coups de pression ». Elle veut me faire comprendre que ma blague a choqué beaucoup d'auditrices et d'auditeurs, et qu'il lui semble impossible que je l'ignore, ni que je reste sans rien faire, sans prendre la parole à ce sujet. Quant à moi, il ne me semble pas nécessaire de répondre quoi que ce soit, ni de suivre en permanence l'agenda politique de l'extrême droite qui n'a de cesse de mettre sur le devant de la scène des agitations au mieux stériles, au pire délétères.

Je le lui dis. Elle me laisse le temps de réfléchir et de finir ma galette végétarienne. Je promets de la rappeler un peu plus tard.

Retour chez moi, suite des travaux entre serpillères et furet – qui n'est pas seulement un petit animal extrêmement mignon mais aussi une tige de métal pour déboucher les canalisations.

« Non Laurence, je ne m'excuserai pas, dis-je en cherchant une clé de douze dans la boîte à outils. Pas plus que je ne m'expliquerai. Je ne vois pas bien ce qui n'est pas compréhensible dans cette blague.

– Pensez au contexte, Guillaume. »

En effet, le contexte est tendu. L'eau s'écoule toujours sous l'évier. Et l'offensive armée d'Israël redouble d'intensité. Mais mon travail consiste justement à parler d'actualité. À la commenter. À la traiter sous un angle satirique.

Pourquoi ne devrais-je pas le faire dans ce cas-là ? Y a-t-il des limites à l'exercice ? Si oui lesquelles ?

Laurence me parle de la nécessité de ne pas rajouter d'huile sur le feu. Je lui décris une ancienne couverture de *Charlie Hebdo* sur laquelle Charb avait dessiné un homme préhistorique avec de l'huile dans une main, une branche en flamme dans l'autre, et avait titré : « L'invention de l'humour. »

Après avoir raccroché, je tweete l'image avec #JeSuisCharlie. Comme à mon habitude depuis bien des années, je ne lis plus les commentaires ni les réponses à ce que je poste. Non pas que cela m'affecte particulièrement, mais c'est une activité assez chronophage. Je laisse simplement les gens s'exprimer quand et comme ils le souhaitent. Selon le principe assez simple de la liberté d'expression.

Mon beau-père et mon père gèrent parfaitement la situation. Tout rentre bientôt dans l'ordre. Dans la cuisine, l'ambiance est à la satisfaction du travail accompli. Après avoir servi le café, je jette un coup d'œil à mon portable. Quelques messages d'amis s'inquiètent pour moi. Il semblerait que loin de s'apaiser, la polémique prenne de l'ampleur.

Sur les plateaux télé, des éditorialistes sont convoqués pour commenter, fustiger, vilipender. Et ils ne s'en privent pas. Je m'aperçois qu'un député macroniste essaye de monter au créneau pour me faire sanctionner et, au passage, se faire un peu de publicité sur mon nom. J'ai oublié le sien.

Cela dit, j'ai toujours beaucoup de tendresse pour les gens qui tentent d'exister en s'agrippant au moindre micro qui passe à leur portée pour y déposer les tréfonds de leur pensée. Je vois les enfants qu'ils sont toujours au fond d'eux, fiers du caca dans leur pot qu'ils exhibent au-dessus de leur tête dans le salon familial. Le fait que ce genre de personnage vote des lois et dicte ainsi le quotidien de millions de personnes est toutefois moins réjouissant.

Moins réjouissant également, j'ouvre Instagram, seul réseau social sur lequel il est possible de m'écrire un message privé, et découvre des centaines d'insultes et de menaces de mort. On y parle de « niquer ma mère », de « me rendre la vie impossible », on me traite de « sale chien », « sale enculé de ta race », on me dit que je mérite « une balle dans la nuque ».

Idem sur mon adresse e-mail professionnelle. « Je vais faire subir à ta famille les mêmes atrocités que le Hamas à mon peuple », « T'inquiète pas petite salope » suivi d'un émoji d'un pistolet qui vise une tête. Pire, je commence à recevoir des appels issus de numéros que je ne connais pas.

Ma messagerie vocale se remplit de messages contenant les mêmes promesses réjouissantes. « J'espère que tu vas crever », hurle un type en furie. Idem sur WhatsApp : « On va venir te torturer, te kidnapper, te battre à sang puis te découper. » Mon numéro de téléphone personnel a fuité sur une boucle Telegram appelée « Brigade juive », sur laquelle il est fortement encouragé de me harceler.

Entre deux sonneries anonymes, Adèle Van Reeth, la directrice de France Inter, me téléphone. Elle me prévient qu'elle va publier un communiqué. Sans doute pense-t-elle qu'elle n'a pas le choix, que sous la pression, il lui faut s'exprimer. Là encore, libre à elle.

Je lui assure que je ne ferai pas de surenchère, et que je ne jouerai pas aux martyrs de la liberté d'expression. Mon but n'est pas d'entrer dans la polémique, ni même de m'en sortir, mais de la maintenir à la juste distance qu'elle mérite. Je l'informe tout de même des menaces que je reçois.

Son texte est un exercice de funambulisme audacieux.

« Comme tous les humoristes de la chaîne, Guillaume Meurice jouit d'une liberté d'expression dont je me suis portée garante dès le premier jour. L'existence d'un espace de satire politique dans lequel le pouvoir et ses représentants peuvent être moqués est le signe d'une démocratie qui fonctionne, et notre responsabilité en tant que radio de service public consiste à protéger cet espace au nom de la liberté d'expression. Celle-ci a une limite : celle du droit. L'humour, même lorsqu'il use d'irrévérence et de provocation, s'inscrit dans le cadre prescrit par la loi.

Qualifier n'importe quel représentant politique de “nazi” est une outrance dont le caractère comique peut être, en temps normal, questionné. Quand ce représentant, dont on peut par ailleurs désapprouver et critiquer la politique, est lui-même juif, à la tête d'un État juif, dont les habitants viennent de subir une attaque terroriste ayant assassiné plus d'un millier d'entre eux, cet humour est encore plus discutable. Quand s'ajoute à ce contexte une recrudescence des actes antisémites au sein de notre pays, ce choix des mots semble particulièrement malvenu.

Cette phrase n'est en aucune façon représentative du travail quotidien de la rédaction de France Inter, qui s'efforce de couvrir le conflit israélo-palestinien de manière responsable, documentée, équilibrée, ni la ligne éditoriale de la chaîne qui lutte contre l'antisémitisme, le racisme et toutes formes de discrimination qui nuisent à la cohésion sociale, en ne contournant pas le mal mais en essayant de le nommer.

Pour beaucoup, une limite a été franchie : non pas celle du droit, qu'il reste à établir, mais celle du respect et de la dignité.

Si je suis garante de la liberté d'expression sur France Inter, je le suis aussi des propos qui s'y tiennent. C'est ce que j'ai rappelé aujourd'hui à Guillaume Meurice. »

Pour résumer : je garantis la liberté d'expression mais « en même temps », je lui demande de faire gaffe à ce qu'il dit.

Aucun mot sur les menaces de mort dont je suis victime. Je lui envoie un message pour le lui faire remarquer. Elle admet ce manquement et me promet de le corriger. Je coupe mon téléphone.

La nouvelle directrice de France Inter, qui a succédé à Laurence Bloch à la tête de la station, avait remplacé le mot d'ordre « Soyez punk ! » par « Nous allons continuer à titiller les interdits ». Il me semble que j'ai une fois de plus appliqué les consignes avec zèle. Je songe à demander une augmentation.

Mercredi 1er novembre

Contrairement à ce que semble promettre ce début de journée ensoleillé, une grosse tempête est prévue ce soir sur la région nantaise. Des vents à plus de 150 km/h sont annoncés. J'y suis dans le cadre des Utopiales, un festival dédié à la science-fiction, dans lequel se confrontent bon nombre d'imaginaires. On s'y projette vers le meilleur, comme vers le pire. Je suis donc au bon endroit.

Je dois y jouer un spectacle coécrit avec mon ami astrophysicien Éric Lagadec. Nous explorons deux infinis. Celui de l'Univers pour Éric, et celui de la connerie pour moi. Question de compétences respectives.

La tempête, il semble que j'en sois au cœur si l'on en croit le tourbillon médiatique et les inquiétudes de mes proches. Mes oreilles sifflent. La polémique enfle. Seule. Sans que j'intervienne.

Éric me parle de l'énergie noire. Celle qui pourrait expliquer l'expansion de l'univers. L'énergie noire médiatique s'appelle le buzz. Il faut à tout prix scotcher les gens devant leur écran. Qu'ils ne bougent pas. Qu'ils restent au garde-à-vous. Le but : qu'ils tiennent jusqu'aux pubs. Il sera alors temps de leur vendre de quoi les relaxer.

Ce procédé est vieux comme le monde. Il est appliqué en musique où l'on construit parfois une tension qu'un dernier accord vient résoudre. Une célèbre anecdote raconte que le père de Jean-Sébastien Bach se servait de cela pour réveiller son fils, ce dernier ne supportant pas qu'une phrase musicale reste en suspens.

L'humour fonctionne sur le même principe. Lorsqu'on raconte une histoire drôle, on tend un fil qui se relâche au moment de la chute. Cela a pour effet une décontraction soudaine du corps : le rire.

Mon téléphone ne cesse de sonner. Ma boîte vocale se remplit. Insultes, menaces. Je reçois également des SMS et des messages WhatsApp même pas anonymes. Je fais quelques captures d'écran des plus virulents. J'envisage de porter plainte.

Plus surprenant, un journaliste du *Figaro* dont je tairai le nom – pour qu'il puisse garder son emploi – m'envoie quelques mots : « Nous ne semblons pas avoir les mêmes idées mais ce qui t'arrive est dégueulasse. »

Plus étonnant encore, un ministre en exercice – dont je tairai le nom exactement pour les mêmes raisons – m'envoie lui aussi un message : « Soutien face aux hurlements de la meute. » Indice : ce n'est pas Gérald Darmanin.

Dans le même temps, j'apprends que l'Arcom (Autorité de régulation de la communication audiovisuelle et numérique, nouveau nom du CSA) devrait être saisie bientôt. Cette dernière se présente comme indépendante. L'est-elle vraiment ? « Le collège de l'Arcom comprend neuf membres : trois désignés par le président du Sénat, trois par le président de l'Assemblée nationale, deux respectivement par le Conseil d'État et la Cour de cassation tandis que son président est nommé directement par le président de la République. » Chaque personne jugera selon la définition de l'indépendance qu'elle pense adéquate…

J'apprends par la même occasion que l'Arcom serait saisie également pour d'autres propos, tenus sur une autre antenne. Quelques jours auparavant, sur BFM-TV, l'éditorialiste Caroline Fourest a déclaré : « On ne peut pas comparer le fait d'avoir tué des enfants délibérément comme le Hamas, et le fait de les tuer involontairement comme Israël. » Là encore, chaque personne jugera selon la définition de la dignité humaine qu'elle pense adéquate.

SMS de Sibyle Veil, la présidente de Radio France, la « N+1 » de ma « N+1 ». Elle souhaite que l'on se parle rapidement. Toujours aucun soutien de sa part face aux menaces que je reçois. Je le lui fais remarquer. Pas de réponse.

Dans la soirée, Charline publie un petit texte pour tenter de calmer la polémique. Mon téléphone continue à être saturé de messages de haine et d'appels menaçants. « On va t'attraper pour te faire bouffé ton prépusse » (*sic*) et autre « Bâtard on va niker ta mère la pute »... etc. La directrice des ressources humaines de France Inter s'inquiète et me propose de lister de son côté les commentaires les plus problématiques que la chaîne reçoit. Je lui confie que je n'ai, pour l'instant, pas vraiment le temps de procéder de même. Cela me prendrait de longues journées de boulot. Il faudrait presque que j'embauche des gens à cet effet. Des traqueurs de *haters* ? À coup sûr, un métier d'avenir.

Nous rentrons sur scène avec Éric Lagadec. Légère tension. J'ouvre le spectacle par un « Bienvenue à tous dans ce grand débat : Israël ou Palestine ? ». Éclats de rire. Relâchement de la tension.

Jeudi 2 novembre

La tempête est passée. Celle qui a balayé l'ouest de la France. Les dégâts sont nombreux : toitures et branches d'arbres arrachées, routes impraticables, trains annulés. À Nantes, cela ne se ressent pas. Dans les rues, tout semble calme. Il en va de même pour la tempête médiatique.

Souvent les personnes censées sentir le pouls du pays confondent leurs obsessions avec les préoccupations de la population. Elles semblent oublier que l'immense majorité des gens n'a cordialement rien à foutre d'une polémique absurde. En effet, il arrive à pas mal de personnes d'avoir d'autres inquiétudes que « la dernière connerie de Guillaume Meurice ». Possible qu'ils privilégient des thématiques de type « comment remplir mon frigo ? », « payer les factures ? », « élever les gosses ? ».

Inquiétudes que n'ont pas les éditorialistes professionnels, commentateurs frénétiques, et politiques opportunistes qui enchaînent donc sur une troisième journée de débat autour de cette blague.

Cela commence très tôt, dans la matinale de France Inter. L'invité est un député du Rassemblement national qui semble avoir compris que le sujet porteur en ce moment, c'est moi.

« Moi ce qui m'inquiète aujourd'hui, c'est l'importation de ce conflit en France, c'est les manifestations antisémites qui peuvent s'exercer, c'est ce que Gilles Kepel appelle le djihadisme d'atmosphère, qu'on voit dans toutes les sphères. On le voit même sur votre antenne. Monsieur Meurice qui, il y a deux jours, a voulu faire un peu le Dieudonné sur le service public. Qui est sur votre antenne, qui est payé par le service public et qui a tenu des propos antisémites. »

Le Rassemblement national est évidemment l'ancien Front national. Le nom a changé comme lorsqu'on repeint la vitrine d'un vieux magasin. Les partis politiques, qui raisonnent comme des marques, sont coutumiers du fait. Lorsque l'UMP se trouvait empêtrée dans les affaires judiciaires, ils sont devenus Les Républicains. De même, lorsque France Télécom et son management toxique poussait au suicide des dizaines de salariés, ils ont réagi en devenant Orange.

Il est intéressant de s'attarder sur l'histoire du Front national. Créé en 1972, on retrouve chez ses fondateurs la fine fleur de la judéophobie française, dont le célèbre Pierre Bousquet, ancien de la division Charlemagne.

Je tweete donc naturellement en réponse à la déclaration de ce député : « Toujours intéressant d'avoir l'avis sur l'antisémitisme d'un représentant d'un parti créé par des SS. »

Il est assez amusant d'observer, avec le recul, comment fonctionne l'univers médiatique français. Il ressemble parfois à un vase clos, regroupant l'Ouest parisien, là où sont concentrées presque toutes les rédactions. La plupart des médias français adorent observer les autres médias français. Avec envie, et avec angoisse. La peur ultime étant d'avoir un sujet qui leur échappe, qu'un autre aurait traité avant. C'est la course à l'avant-première, au scoop, à l'exclu !

C'est un peu moins le cas sur le service public, son financement relevant moins de la publicité. Mais la tendance est là, insidieuse, à bas bruit. Dès qu'un sujet sent un peu le soufre, des journalistes – ou prétendus tels – se jettent dessus avec une joie non dissimulée. Je reçois donc des messages issus de toutes les grandes émissions du moment pour venir témoigner. On m'envoie des dizaines de demandes d'interviews. Même *Valeurs actuelles* veut écrire mon portrait.

Je refuse poliment toutes les sollicitations. Rien de pire que de faire le service après-vente d'une blague. Faites le test. La prochaine fois qu'on vous raconte une histoire drôle, demandez à la personne de vous l'expliquer. Malaise garanti.

C'est pourtant ce que me demande de faire Sibyle Veil. Je suis toujours au festival Les Utopiales, dans lequel j'interviens sur deux tables rondes et deux séances de dédicaces de livres. Quelques gens inquiets pour moi me témoignent leur soutien. L'ambiance est plutôt festive.

Entre deux rencontres, la directrice de Radio France me fait part de sa volonté d'échanger urgemment. Je l'appelle. La discussion est cordiale mais tendue. Elle souhaite que je présente des excuses publiques. Je lui réponds que je ne comprends pas comment je pourrais m'excuser d'une faute que je n'ai pas commise. Elle souhaite donc que, a minima, je poste sur les réseaux sociaux un message d'explication. Je lui réponds que je ne vois pas ce que je pourrais expliquer, la blague étant assez claire.

Elle me parle du contexte, de la montée des actes antisémites en France. Le piège est tendu. M'excuser ou m'expliquer sur cette blague en la liant aux actes d'abrutis haineux ferait immédiatement de moi, au pire un complice, au mieux un irresponsable qui n'a pas maitrisé ses propos.

Certes, cela n'est pas à l'abri de m'arriver. Je n'ai jamais pensé qu'un humoriste était au-dessus de la loi et pouvait s'affranchir des règles qui régissent notre société. Pour autant, il n'est pas non plus en dessous de la loi, et si une blague a choqué plus de x personnes, il n'est pas sommé de se présenter à la barre du tribunal médiatique.

« Des gens se sont sentis blessés. » C'est l'élément qu'elle répète pour me demander encore durant de longues minutes de prendre la parole. Je lui réponds que c'est toujours le cas avec ce type d'humour. Qui plus est quand c'est en lien avec les religions. Il m'est arrivé d'avoir le même type de menaces, sans que l'on me demande de m'excuser, ni de m'expliquer. Cela a été le cas après les attentats islamistes de 2015, lorsque j'ai interprété Mahomet dans la matinale, ou encore après avoir taquiné les cathos intégristes devant leur fief de Saint-Nicolas-du-Chardonnet.

Je lui explique donc cela, en lui rappelant l'importance de la satire politique dans une société qui se veut démocratique, la nécessité de l'outrance dans la pratique de cette discipline. Elle veut que l'on se voie au plus vite, dans son bureau. Je lui assure que cela ne changera pas ma décision et qu'il semblerait que nous soyons tous deux en train de perdre du temps.

Elle me répète qu'il est nécessaire que nous nous voyions pour, fait nouveau, prendre une sanction disciplinaire à mon égard. La discussion change de ton. Il ne s'agit plus de prévoir une rencontre informelle pour échanger nos points de vue, mais une convocation qui s'inscrit dans le cadre du droit du travail. Je la préviens donc que je viendrai avec un avocat et un représentant syndical. « Guillaume, je ne suis pas en train de plaisanter », me dit-elle. Moi non plus.

J'ignore tout des pressions qu'elle reçoit. Mais je sais que le pouvoir se méfie de l'humour. Comme la religion, il a besoin de sacré. Il est une fiction qui nécessite l'adhésion absolue. Sinon, comment justifier qu'un être humain puisse se sentir au-dessus ou au-dessous d'un autre ? Il faut entretenir un catéchisme qui s'appelle la hiérarchie. L'ordre social tient sur cette unique et fragile fable.

Parfois l'humour révèle la supercherie. Alors le pouvoir, aussi fort qu'il s'imagine, panique. Bien plus souvent qu'on ne le pense d'ailleurs. Nous avons une tendance naturelle à sous-estimer la désorganisation et l'improvisation qui règnent dans ce qu'on appelle les « hautes sphères ». Les ministères sont remplis de poulets sans tête qui courent partout en fonçant dans les murs. C'est sans doute ce que les complotistes semblent ignorer, eux qui imaginent un système machiavélique parfaitement rodé, huilé, verrouillé.

Qui appelle Sibyle Veil ? Que lui dit-on ? Je n'en ai aucune idée. Être à la tête d'un groupe comme Radio France est certainement une source d'épanouissement et de satisfaction, mais aussi d'emmerdements et de pression. Il me semble que le job consiste à contenir cette dernière, pas à s'en délester sur ses salariés.

Je raccroche après lui avoir assuré que nous nous verrons en début de semaine suivante. Avant de couper à nouveau mon téléphone sur lequel je continue de recevoir des appels incessants, et des dizaines de messages. La librairie Durance dans laquelle je dois faire une séance de dédicaces dans la soirée m'informe qu'elle a embauché un vigile « au cas où », même si sa directrice ne semble pas particulièrement inquiète. Je ne le suis pas davantage. L'habitude sans doute. Un certain détachement, une volonté de ne pas me laisser polluer également.

Je jette tout de même un coup d'œil sur les réseaux sociaux. Il semble que mon message en réponse aux propos du député RN soit beaucoup partagé, et beaucoup commenté. Notamment par un autre parlementaire. Un Meyer Habib. Député des Français de l'étranger, et de son propre aveu, proche de Benjamin Netanyahu. Il s'est fait connaître notamment en entonnant des chants religieux pour fêter son élection, ce qui en dit assez long sur sa conception de la laïcité ainsi que sur celle de « représentant de la Nation ».

J'ai déjà eu l'occasion de l'interroger pour une chronique. Il m'y affirmait qu'il ne pouvait exister de colonisation israélienne puisque Jésus lui-même était juif et habitait dans la région il y a deux mille ans. Il va de soi que si une terre appartenait à celles et ceux qui l'occupaient il y a deux millénaires, quelques modifications socio-démographiques et géopolitiques sont à prévoir aux États-Unis, en Australie, en Amérique du Sud… etc.

Son message sur X à mon endroit est limpide : « Tu continues à l'ouvrir !! Ferme-la ! petite vermine antisémite !!! » Fin de citation. Mais début de citation à comparaître, car je porte évidemment plainte pour injure publique.

En arrivant aux abords de la librairie, tout est calme. Un vigile est bien en place. Je vais le saluer pour le remercier. Lui dire aussi que je suis un peu désolé de lui avoir foutu en l'air sa soirée. « Pas de problème, ça me fait du boulot donc tout va bien. »

Les échanges avec les lectrices et les lecteurs sont chaleureux et l'affaire paraît peu les intéresser. Certaines personnes de l'assistance ne paraissent même pas au courant.

Avant de me coucher, je rallume une dernière fois mon portable. Menaces. Insultes. Insultes. Menaces. Des proches s'inquiètent. Je les rassure. Un autre journaliste du *Figaro* m'envoie à son tour un message de soutien. Je vais peut-être bien m'abonner. C'est toujours utile pour éplucher les patates.

Vendredi 3 novembre

Les menaces se calment. Je prends un peu de temps pour découvrir plus en détail ce qui s'est dit depuis quelques jours.

Je m'aperçois ainsi sans surprise que mon « ami » Pascal m'a, depuis le début de la semaine, quotidiennement consacré une partie de son émission. « Pourquoi ne t'invite-t-il pas directement ? » me demande-t-on régulièrement. Pour une raison très simple. Sa chaîne appartient à Vincent Bolloré. Tout comme une société avec laquelle je suis en procès pour la censure d'un livre dans lequel, avec la spécialiste en littérature Nathalie Gendrot, j'avais osé plaisanter sur ses magouilles.

La maison d'édition Le Robert dans laquelle nous étions censés le publier appartient au groupe Editis, qui appartient au groupe Sejer, qui appartenait au groupe Vivendi, dont Bolloré détient le contrôle. Ainsi, sous sa botte, on trouve des entreprises pour créer du contenu artistique ou autre, des médias pour en faire la promotion, des systèmes de distribution pour le partager, et désormais des magasins pour le vendre. Les joies du capitalisme et de ses promesses de concurrence libre et non faussée.

CNews, donc, continue à jouer sa petite musique. « Il faut que Guillaume Meurice quitte l'antenne. Ça, on ne peut pas laisser passer, c'est pas possible. » « Il faut prendre des sanctions ! » « Il faut le suspendre ! » « Il doit être licencié ! » Robert Ménard s'étouffe : « C'est des propos qu'il faut condamner ! » Gilbert Collard y va de son petit couplet sur son compte TikTok (!) : « Guillaume Meurice est un contrebandier de l'antisémitisme, et sa contrebande, c'est l'humour. » Ça n'a pas tellement de sens mais ça l'occupe.

« La dérision c'est le contraire de l'intelligence ! » Philippe de Villiers est même venu en personne du Puy du Fou jouer les solistes, avec une formule bien préparée, testée en soufflerie : « Guillaume Meurice est à Pierre Desproges ce que Mathilde Panot est à Marguerite Yourcenar. » Il devrait facilement trouver un poste d'humoriste sur Europe 1.

Au-delà de CNews, cette petite musique se diffuse dans tous les médias. Je prends le temps de faire une petite revue de presse rapide. *L'Express*, *Le Point*, *Libé*, *Le Parisien*, *Le Monde*, *Le Figaro*, *Marianne* (« Guillaume Meurice est une sorte de con »), TF1, France 2, France 3, LCI, BFM-TV… etc. Il manque juste Equidia et Gulli. Et encore, je n'ai pas vérifié.

Des dizaines d'articles, d'heures d'antenne, de débats, de palabres, d'invectives, pour une simple blague. Qu'est-ce que cela dit du sens des priorités des rédactions ? De la hiérarchisation de l'information ? Des responsabilités des médias et de l'état de ce qu'un abus de langage consiste encore à appeler le « débat public » ?

Cela dit, le débat, j'aime ça. Alors, en ce doux vendredi d'automne, je m'amuse à analyser tous les arguments qui sont mis sur la table par celles et ceux qui se considèrent comme mes adversaires. Je prends le temps de cette petite précision, car il va de soi que je n'en ai aucun, pas davantage que je n'ai d'ennemi. Ce serait une perte de temps de livrer des batailles grotesques contre de prétendus assaillants qui ne le sont pas moins.

« Ce n'est pas de l'humour » est une phrase qui revient souvent dans les divers articles et prises de parole. Intéressant. Qui décide de ce qui est drôle ou non ? Des limites du risible ? Si une personne ne trouve pas une plaisanterie à son goût, celle-ci perd-elle instantanément sa drôlerie pour les autres ?

La blague a été faite au studio 104 de la Maison de la Radio, face à un public dont on entend nettement l'éclat de rire. Sauf à imaginer que j'aie payé des figurants pour s'esclaffer au moment voulu, ou que le public ait agi ainsi spontanément dans le seul et unique but de me faire plaisir, il me semble que l'on peut au moins s'entendre sur le fait que si une audience rit à une blague, elle est de fait « drôle » (au moins pour un certain nombre de personnes).

Cela ne veut pas dire qu'elle ne peut pas être problématique. Mais c'est un autre sujet. Si l'on reste sur l'aspect purement « qu'est-ce qui est de l'humour et qu'est-ce qui n'en est pas ? », la réaction du public me semble difficile à ignorer.

« Ce n'est pas de l'humour » ; cette stratégie est intéressante par le but qu'elle vise : me sortir du champ humoristique. « Ce n'est pas un humoriste, c'est un militant politique », entendu çà et là, relève du même procédé. D'autant plus amusant lorsqu'il sort de la bouche de celles et ceux qui se considèrent comme journalistes « neutres ». Mais plus amusant encore, le fait d'en oublier – ou de faire semblant d'oublier – jusqu'à la principale caractéristique d'une pratique artistique : le point de vue.

Il parait difficile de reprocher à un humoriste d'être caricatural. Il s'agit quasiment de sa fiche de poste. Alors on tente de faire croire que je n'en suis pas un. Exercice périlleux, car, quoique l'on pense de mes chroniques, elles s'inscrivent systématiquement dans la recherche de la pitrerie. Et qu'elles traduisent mon avis ou mon point de vue sur le monde est précisément ce que l'on me demande.

Une pratique artistique objective, ça n'existe pas. Chaque artiste exprime son ressenti, ses émotions, ses colères, ses désirs, ses angoisses, sur les thématiques de son choix. C'est le pacte signé avec le public. La singularité me semble être le minimum de la politesse lorsque l'on prend la parole en public. Le fait qu'on fasse de moins en moins la différence entre un journaliste et un clown me parait en effet être un problème. Mais un problème qui a davantage à voir avec la pratique journalistique.

Bon nombre des intervenants des plateaux de CNews ont une carte de presse. Fin de la blague.

« Le rire ce n'est pas ça, là ce qu'ils font c'est du ricanement. » Quand le réel résiste à leurs analyses, nos détracteurs n'ont plus d'autre choix que d'essayer de le tordre (un autre choix consiste à changer d'avis mais restons sérieux deux minutes). Alors ils vont chercher des nuances : des gens rient mais ce ne serait pas un vrai rire. Il y aurait donc un vrai et un faux rire. Il y aurait le beau, le noble rire, et le vilain, le narquois ricanement. Curieuse hiérarchisation. Non pas qu'il n'existe pas de différences entre les deux, mais pourquoi celles-ci entraîneraient-elle systématiquement un classement ?

On peut certes manier l'ironie, le sarcasme, le persiflage, la dérision, la raillerie, l'exagération et bien d'autres tonalités encore. Mais aucune ne me semble moins valable qu'une autre. À bas la police du rire ! J'ai bien précisé « du rire » – détends-toi, Pascal.

Un autre argument m'amuse autant qu'il me laisse perplexe : « Le vrai problème c'est qu'il [moi] n'a pas de talent. » Par les mêmes personnes qui me traitaient d'antisémite quelques secondes avant. Est-ce à dire que pour être antisémite, il faille être jugé talentueux ? Curieux aveu. Parfois, il suffit juste de laisser parler les gens pour qu'ils finissent par se révéler eux-mêmes.

Je note aussi le « c'est de l'humour facile, il ne prend aucun risque » dans le même temps où les insultes et les menaces de mort continuent à s'empiler dans mes messageries. Un dernier « Je ne l'aime pas. D'ailleurs, je ne le connais pas, je n'écoute jamais ce qu'il fait », m'achève. Où se situe la malhonnêteté intellectuelle, où se situe l'incompétence ou la fainéantise ? Je n'en sais rien. Sans doute, tout cela se mélange.

Les messages que je reçois reprennent tour à tour ces faibles arguments. Je n'ai rien contre le fait d'avoir des *haters*. Mais est-ce trop demander d'avoir des *haters* de qualité ?

Samedi 4 novembre

« On est avec toi, ne lâche rien ! » « Totale solidarité avec vous face à ce qui vous arrive. » « Je ne te connaissais pas mais j'ai découvert tes chroniques. Je viens d'y passer une heure et franchement bravo à toi. Tu n'as rien à te reprocher. » « Je suis juif et ta blague ne m'a pas du tout choqué. Et quand bien même elle m'aurait choquée, tu avais le droit de la faire. Ne te laisse pas intimider par des débiles. » « Je n'ai pas raté une de tes émissions et il faut vraiment être le dernier des mauvais pour penser que tu puisses être antisémite. C'est bien mal connaître ton travail et tes prises de position. Continue, on a besoin de toi dans cette période. » « Toute cette polémique est dégueulasse, courage à toi, courage à toute l'équipe. »

Revers du revers de la médaille, arrive le temps des messages de soutien. Et ils sont nombreux. Très nombreux. Beaucoup plus nombreux que les messages de haine. Beaucoup de gens commencent à s'inquiéter pour moi. À commencer par des personnes proches, étonnées autant que moi par l'ampleur et l'absurdité de l'écho médiatique.

Toutes celles et ceux qui me connaissent bien ne sont pas surpris de ma façon de gérer ce moment, mais tiennent à s'assurer de ma bonne santé mentale. Je les rassure. Je retrouve même des amis d'enfance dont je n'avais pas de nouvelles depuis des dizaines d'années. L'un deux me confie : « J'ai vu ta tête dans TPMP. » Comment ai-je pu oublier Hanouna ?

Je découvre deux longues séquences issues de deux émissions différentes dans lesquelles l'avis de chaque chroniqueuse et de chaque chroniqueur est sollicité. Négatif, sans surprise, dans la plupart des cas. Sauf pour l'un deux, Moundir, un ex-candidat de l'émission « Koh-Lanta », qui prend le risque de me défendre, et qui se fait engueuler par le reste de la bande. Cyril Hanouna le premier.

« Guillaume Meurice il avait mal parlé de moi un jour, je l'ai appelé. J'ai pas senti le gars très courageux. » Moi je ne sens pas le gars très honnête vu que je ne l'ai jamais eu au téléphone. Une fois par SMS seulement, après m'avoir traité d'abruti dans une de ses émissions, déjà. J'en avais plaisanté sur Twitter et il m'avait invité à boire un café. J'avais décliné poliment. Par manque d'envie, plus que par manque de courage.

Après un flot de crachats de quinze minutes, la séquence se clôt par un vote des « fanzouzes », les fidèles de l'émission. « Guillaume Meurice doit-il être suspendu ? » Après un court suspense, le non l'emporte. Léger malaise sur le plateau avant d'enchaîner sur un sujet dont j'ai oublié la teneur. Peut-être « Que se passe-t-il si on souffle dans le cul d'un chien ? » ou « Gérard Depardieu est-il féministe ? »

Quelques collègues humoristes m'envoient des blagues. « Tu as touché juste au niveau du prépuce, il faudrait qu'il se détendent du gland », m'envoie une amie comédienne. Un autre m'écrit : « Tu n'as qu'à dire que tu fais partie du Mossad. Et que tout ça est une diversion pour faire oublier la situation sur place. » Ça me fait marrer. D'autant qu'il est vrai que cette polémique ridicule a parfois remplacé dans les titres la vraie absurdité : celle de fanatiques qui s'entretuent en sacrifiant tout ce qui passe à portée de leur folie.

Pendant ce temps, Netanyahu continue d'assommer Gaza et sa région sous un déluge de bombes. Des milliers de civils sont morts. Une partie de la population se retrouve piégée. Il n'y a plus d'eau, de gaz, ni d'électricité. Plus de droit international. Les 360 kilomètres carrés de la bande de Gaza, jusqu'alors considérée comme une prison à ciel ouvert, se transforment en fosse commune. L'aide humanitaire disparaît. Les journalistes sont chassés ou tués. Il semblerait que personne ne doive connaitre l'ampleur de la tuerie de masse qui est en train d'être perpétrée sous les yeux fermés de ce qu'un autre abus de langage désigne comme « la communauté internationale ».

Parmi les messages que je reçois, outre les menaces, les insultes ou les soutiens, je découvre le courrier d'un auditeur, juriste de formation, qui m'envoie le texte d'un de ses confrères, Basile Ader. Son titre : « La caricature, exception du droit à l'image. »

L'article commence ainsi :

« La caricature a toujours existé dans la presse française. "Silhouette", contrôleur général des finances au XVIIIe siècle, inspira des dessins qui ont donné naissance à un nom commun. Louis-Philippe, Thiers, puis toutes les figures de la IIIe République ont elles aussi été caricaturées. »

C'est un article qui récapitule la loi et la jurisprudence en la matière et l'on y trouve des passages assez explicites.

« En définitive, la caricature est un mode d'altération de la personnalité où l'excès est la loi du genre. Il s'agit d'un aspect de la liberté d'expression qui "autorise un auteur à forcer les traits et à altérer la personnalité de celui qu'elle représente", les juges reconnaissent même "un droit à l'irrespect et à l'insolence". [...] L'excès et l'outrance sont la règle. Ils autorisent des abus qu'une information sérieuse ne pourrait pas commettre. »

L'auteur résume ainsi le propos à la fin de l'article :

« La caricature qui est un des éléments de la liberté d'expression est une construction jurisprudentielle fondée sur la reconnaissance d'un droit à l'irrespect et à l'insolence dans les limites des lois du genre satirique. Ces limites imposent que le but poursuivi soit humoristique, à l'exclusion de toute intention de nuire et que l'image soit exagérément grotesque sans quoi une atteinte au droit à l'image de la personne caricaturée pourrait être retenue. La profession ou l'activité de certaines personnes publiques impliquent une autorisation passive de la caricature si celle-ci reste dans les limites du genre humoristique. Pour être caricaturale l'image reproduite d'un individu doit être grotesque et exagérée. »

L'auditeur conclut son message avec malice : « Peut-être n'avez-vous pas assez exagéré ? »

Dimanche 5 novembre

« L'esprit Charlie, ce n'est pas une poubelle qu'on sort du placard quand ça vous arrange, pour y jeter ses propres cochonneries. » La citation est du dessinateur Riss, directeur de publication de *Charlie Hebdo*, journal que j'ai énormément lu. Je l'ai aussi vu beaucoup trainer chez moi, durant mon enfance, sur la table du salon familial, entre deux livres de Reiser et quelques *Canard enchaîné*. Mes parents le vendaient dans leur maison de la presse, en prenant soin de le mettre en évidence sur le présentoir. J'étais très admiratif des dessins de Charb et de Tignous. De Luz également. Je le suis toujours. Pour autant, je ne me revendique pas d'un possible « esprit *Charlie* » – qu'il conviendrait d'abord de définir précisément – ni même d'un quelconque héritage. Ce sont juste des personnes dont le sens de la liberté et de la déconnade m'a sans aucun doute beaucoup influencé. Dès lors, je découvre l'interview de Riss dans le journal *La Tribune* avec beaucoup de circonspection.

« L'esprit Charlie est plus subtil et plus difficile à maîtriser qu'il n'y parait », affirme-t-il.

Je dois l'admettre, Riss me fait souvent rire. Mais jamais autant que lorsqu'il parle de subtilité. On lui doit notamment cette couverture de *Charlie*, juste après les attentats islamistes à Bruxelles, sur laquelle il avait dessiné le chanteur Stromae entouré d'yeux, de jambes, de bras mutilés, s'interrogeant : « Papa où t'es ? » Subtil, lorsqu'on sait que le père de Stromae a été assassiné au Rwanda en 1994 par des miliciens hutus qui l'ont démembré. Il en va de même lorsque Riss s'interrogeait sur ce que serait devenu le petit Aylan, enfant de trois ans retrouvé mort noyé sur une plage de Turquie. Peut-être agresseur sexuel, comme il l'imaginait sur l'un de ses dessins ? Ou lorsqu'il faisait dire aux esclaves sexuelles de la secte islamiste de Boko Haram enceintes et en colère « Touchez pas à nos allocs ! ».

Chaque personne jugera selon sa propre sensibilité, ses goûts, ses choix personnels. À la question « peut-on rire de tout ? », je réponds « démerdez-vous ! ».

Comme l'écrivait Charb dans ce même journal : « Ils sont nombreux, les philosophes de bistrot et les penseurs de fin de repas qui, à un tournant de la conversation, lâchent : “On peut rire de tout.” Malheureusement, la plupart du temps, cette sentence parfaitement imbécile ne se termine pas par un point mais par une virgule : “On peut rire de tout, mais…” Déjà qu’une baderne bouffie de suffisance nous autorise à rire de tout, c’est insupportable. Je n’ai pas besoin de ta bénédiction pour rire de ce dont j’ai envie de rire, mais en plus je n’ai pas forcément envie de rire de tout. Je ris de ce que je veux, quand je veux. Non seulement tu m’accordes une liberté que je suis capable de prendre tout seul, mais en plus tu y mets des restrictions. Neuf fois sur dix, le balourd finit sa phrase par “pas avec n’importe qui”. Le censeur pense lui-même faire preuve d’un humour délirant en reprenant la phrase qu’il attribue à Desproges “on peut rire de tout, mais pas avec n’importe qui”. L’humoriste Desproges souffre du même problème que l’humoriste Jésus. Il est mort. De leur vivant, ces deux rigolos ont fait marrer des salles entières. Une fois disparus, des tristes cons se sont mis à répéter en boucle des extraits de leurs sketchs comme s’il s’agissait de commandements divins. »

Il y a quelques années, fin 2014 pour être tout à fait précis, j’ai été engagé dans « La nouvelle émission » présentée par Ali Badou sur Canal Plus. À l’époque, la chaîne n’appartenait pas encore à Vincent Bolloré. J’y faisais une revue de presse en images, reprenant l’actualité de la semaine et la commentant à ma manière.

Le 7 janvier 2015, je suis dans les bureaux attenant au studio de tournage quand je reçois les premières alertes sur mon téléphone « fusillade au siège de *Charlie*

Hebdo ». Autour de moi, l'agitation et l'inquiétude grandissent. Très vite, les noms des premières victimes commencent à s'égrainer. Des noms familiers. Comme des amis qu'on a plaisir à écouter, à lire, qui nous ont fait marrer et réfléchir. Que dorénavant on aura eu plaisir à écouter, à lire, qui nous auront fait marrer et réfléchir.

Ma chronique est logiquement annulée pour laisser place aux diverses réactions à chaud en plateau. Je retourne à la Maison de la Radio pour y retrouver l'équipe de notre émission qui s'appelle alors encore « Si tu écoutes, j'annule tout ». Tout le monde est bouleversé. Les meurtriers sont en cavale, quelque part dans Paris, personne ne sait où.

En tant qu'humoristes, France Inter nous demande d'intervenir dans une émission l'après-midi qui remplacera la nôtre. Avec Charline, nous préparons un sketch dans lequel j'interprète Mahomet, que nous rejouerons dans la grande soirée hommage du dimanche 11 janvier. Le mercredi suivant, je suis dans le métro en direction des studios de télévision pour y reprendre ma revue de presse en images. Compte tenu de l'actualité, j'ai prévu de la conclure par un dessin de Charb – encore lui – qui avait dessiné une paire de fesses avec écrit au-dessus : « Et le cul de Mahomet, on a le droit ? » Simple. Efficace.

« Ton dessin pose un problème, on ne va pas pouvoir le diffuser », m'envoie un des responsables de la production.

Je suis surpris. Voilà plus d'une semaine que toute la France ne parle que de liberté d'expression. Les hommages pleuvent du monde entier, ainsi que les injonctions à ne rien lâcher sur la critique des religions. Je réponds que ce n'est pas négociable, que sans ce dessin, je ne ferai pas de chronique.

« Alors, pas de chronique cette semaine. On ne peut pas se permettre, pour des raisons de sécurité. » La lâcheté prend toujours plusieurs visages. Celui de la pseudo responsabilité est certainement un des plus loufoques. Se planquer derrière la protection des autres est vieux comme le monde et très bien résumé par ces quelques mots attribués à Benjamin Franklin : « Un peuple prêt à sacrifier un peu de liberté pour un peu de sécurité ne mérite ni l'une ni l'autre, et finit par perdre les deux. »

Mais l'heure n'est pas à faire le malin avec des citations. Je descends du métro et poste sur Facebook :

« Aujourd'hui "pour des raisons de sécurité", on refuse que je diffuse un dessin de Charb sur Canal Plus dans La Nouvelle Édition.

Aujourd'hui "pour des raisons de foutage de gueule", je ne ferai pas de chronique sur Canal Plus dans La Nouvelle Édition. »

Appel de la production. Fin de mon aventure à Canal Plus. Pour avoir simplement défendu la liberté d'expression. Déjà à l'époque, au sujet d'extrémistes.

Aujourd'hui, aucun journaliste ne le mentionne. Sans doute que bon nombre d'entre eux l'ignorent. Il faut dire qu'il aurait fallu un travail d'enquête fastidieux qui consistait à taper mon nom et celui de *Charlie Hebdo* sur Google, ou à jeter un œil sur mon site dans la partie « Biographie ». Il y a des prix Albert-Londres qui se perdent.

Pour clore le chapitre *Charlie Hebdo*, il est toujours intéressant de se rappeler que c'est à ce journal que l'on doit, dans un arrêt rendu par la cour d'appel de Paris en 1991, un attendu de principe qui fait force de loi :

« On doit tolérer l'inconvenance grossière et provocatrice, l'irrévérence sarcastique sur le bon goût desquelles l'appréciation de chacun reste libre, qui ne peuvent être perçues sans tenir compte de leur vocation ouvertement satirique et humoristique, qui permet des exagérations, des déformations et des présentations ironiques. »

Et se rappeler le jugement de l'affaire dite « des caricatures de Mahomet » : « Attendu que le genre littéraire de la caricature, bien que délibérément provocant, participe à ce titre à la liberté d'expression et de communication des pensées et des opinions [...] ; attendu qu'ainsi, en dépit du caractère choquant, voire blessant, de cette caricature pour la sensibilité des musulmans, le contexte et les circonstances de sa publication dans le journal *Charlie Hebdo* apparaissent exclusifs de toute volonté délibérée d'offenser directement et gratuitement l'ensemble des musulmans ; que les limites admissibles de la liberté d'expression n'ont donc pas été dépassées [...]. »

En ce dimanche 5 novembre, à l'heure de la messe, rappelons que la France est un pays laïc où le droit de blasphème existe, contrairement à la preuve d'une existence divine.

Pendant ce temps, Stéphane Guillon (ex-chroniqueur de France Inter, viré à l'époque pour irrévérence) profite de la polémique pour rappeler mon manque de talent et faire la publicité de son spectacle à la télévision.

Dans une autre émission, Xavier Bertrand, ancien candidat malheureux à la primaire de la droite et président du Conseil régional des Hauts-de-France, dit tout le mal qu'il pense de ce « Benjamin Meurice ». En ce dimanche soir, notre émission sur France Inter n'a pas lieu car nous sommes en vacances. Repos forcé donc. Il me semble que pas mal de monde en aurait bien besoin en ce moment.

Lundi 6 novembre

C'est le jour de ma convocation chez la CPE. Du moins, c'est l'effet ressenti. Je retrouve mes sensations de collégien, quand ma grande passion était de taquiner le corps enseignant.

Le bureau de la direction de Radio France est célèbre depuis quelques années pour son bois de palissandre et sa moquette épaisse, sa rénovation ayant coûté la bagatelle d'une centaine de milliers d'euros. J'ai choisi de m'y faire accompagner par un représentant syndical de chez SUD Radio France, dont je suis adhérent depuis quelques années. Une amie juriste m'a précisé qu'à ce stade de la procédure, la présence d'un avocat n'est pas nécessaire. Elle me conseille tout de même de garder une trace audio de l'entretien.

Sibyle Veil est accompagnée du DRH de Radio France. Dans ce grand bureau sans âme, l'ambiance est glaciale. Avant d'entamer la discussion, je demande poliment s'il est possible d'enregistrer notre échange.

Sibyle Veil s'agace. « Nous ne sommes pas dans une chronique là ! » Ambiance.

Le dialogue s'engage tout de même. Âpre. Tendu. La blague est à nouveau citée ainsi que le sempiternel rappel du contexte international. Je réponds qu'évidemment, cette blague-là s'inscrit dans ce contexte particulier, car c'est exactement la raison pour laquelle je suis embauché. Je lui rappelle un autre contexte qu'elle semble oublier : il s'agit d'une blague dans une chronique humoristique, identifiée comme telle, dans une émission d'humour, identifiée comme telle.

Elle me rappelle que les actes antisémites sont en augmentation. Je lui réponds que je ne comprends pas le lien entre ce que j'ai pu dire et ces derniers. D'ailleurs, il n'y en a aucun. La discussion tourne en rond. C'est une redite de celle que nous avons déjà eue au téléphone quelques jours avant. Sibyle Veil est déterminée à me sanctionner d'un avertissement. Je découvre même qu'il est déjà rédigé.

« Nous avons échangé avec vous à la suite de votre chronique pour recueillir vos explications, vous faire part de notre position et vous laisser, à tout le moins, la possibilité de reconnaître l'émotion et l'indignation que vos propos avaient suscitées. Refusant d'exprimer le moindre regret, vous avez, au contraire, persévéré dans votre positionnement.

Alors que votre chronique est écoutée par de nombreux auditeurs, vous ne pouvez pas ignorer leurs réactions et encore moins le vif émoi que vos propos ont pu susciter.

La directrice de France Inter a été contrainte de s'exprimer publiquement pour partager son malaise et reconnaître que, pour beaucoup, la limite du respect et de la dignité avait été franchie.

Votre directrice a dû rappeler l'implication au quotidien de la rédaction et de la ligne éditoriale de France Inter, mais également les valeurs de Radio France pour que notre entreprise et ses collaborateurs-trices ne fassent pas l'objet, à la suite de vos propos, d'accusations infondées d'antisémitisme. Vous n'êtes pas sans savoir que Radio France veille tout particulièrement au respect des droits de chacun, luttant notamment contre les discriminations, y compris les discriminations en raison des convictions religieuses.

Si vous jouissez d'une liberté d'expression renforcée au regard de vos fonctions et du caractère humoristique de votre chronique, cette liberté d'expression n'est pas, et ne peut être, absolue et sans limite.

Notre entreprise est garante du droit à la liberté d'expression, mais également du respect de la dignité de la personne humaine. »

Liberté d'expression renforcée ? Respect de la dignité humaine ? L'avertissement jongle avec du flou. La blague en elle-même ne m'est pas reprochée, mais seulement ma non-réaction suite à l'émoi ressenti par un nombre incertain de personnes. Ce premier grade dans l'échelle des sanctions disciplinaires me paraît injuste et pourrait me valoir des sanctions plus importantes au cas où la direction me chercherait à nouveau des noises.

Je décide de prévenir Sibyle Veil que je contesterai devant les Prud'hommes. La raison est simple : n'ayant pas commis de faute, il ne me semble pas normal d'être sanctionné. Je le fais aussi pour mes collègues, pour les jeunes humoristes qui arrivent sur la chaîne et ailleurs. Laisser s'insinuer qu'il y aurait des sujets interdits ou des noms à éviter est me semble-t-il assez néfaste pour la liberté de s'exprimer en général. C'est un signal envoyé à toute une profession et à toute une société. Cela déplace la barrière de la loi avant le droit lui-même. Et par là même, cela renforce les tendances complotistes de certains esprits paranoïaques. Bref, le combat est plus vaste que ma petite personne et que mon orgueil écorché d'artiste fragile.

En retournant à mon bureau, je m'arrête à celui d'Adèle Van Reeth pour lui raconter l'échange et lui faire part de mon état d'esprit. Je l'informe que je ne ferai pas l'étalage de cet avertissement, à une seule condition : que la direction de Radio France ne communique pas sur cette information. Dans ce cas de figure, je me verrai évidemment dans l'obligation d'exposer ma version des faits. À peine revenu à mon bureau, je découvre un courriel signé par Sibyle Veil, intitulé « message à tous les salariés ». Il était visiblement déjà prêt à être envoyé également. Extraits choisis.

> « Les Français comptent sur nous pour les informer avec rigueur sur un conflit aux multiples implications, pour en montrer tous les aspects de manière équilibrée et en employant les mots appropriés. Ils attendent que nous soyons professionnels et impartiaux, en mettant à distance nos propres émotions – aussi naturelles et légitimes soient-elles – tout en tenant compte de la sensibilité des victimes de part et d'autre. »
> « Je vous écris aujourd'hui pour vous dire que cette exigence de responsabilité, de rigueur et de modération ne peut pas s'arrêter aux portes de nos rédactions, au risque de porter atteinte à tout le travail qui est fait. Elle s'impose à chaque salarié de Radio France, y compris aux humoristes. Ce n'est pas entraver la liberté d'expression et le droit à la caricature – auxquels nous sommes très attachés – que d'appeler au discernement. L'humour est aussi périlleux que nécessaire dans les périodes difficiles, il peut agir comme une soupape pour évacuer la pression. Mais il n'a pas vocation à ajouter de la division à la division. Nul ne peut ignorer les tensions et les violences avérées dans notre pays ; nul ne peut fermer les yeux sur la recrudescence ces derniers jours des actes antisémites et racistes. »

> « Le service public nous survivra, nous avons le devoir d'en prendre soin et de transmettre à nos successeurs une institution dont le lien de confiance avec nos concitoyens aura été préservé. Le service public n'est pas à la disposition des engagements individuels et des carrières personnelles. »

Des extraits fuitent immédiatement dans la presse. De même que le contenu de notre entretien disciplinaire, si j'en crois un message reçu d'une journaliste de l'AFP me demandant de confirmer la sanction qui vient de m'être infligée. Ce message se double d'un appel d'Aude Dassonville, journaliste au *Monde*, qui m'informe qu'elle sait déjà tout. Qui a ébruité la nouvelle, sachant que nous n'étions que quatre dans la pièce et que je suis resté avec le représentant syndical ? Mystère. J'appelle donc Aude Dassonville pour lui confirmer la sanction et lui assurer que je me prépare à contester la décision devant la justice.

Une bonne nouvelle pour Pascal Praud, Hanouna et toute la clique qui peuvent à nouveau se repaître de commentaires, puis de commentaires sur les commentaires des uns et des autres.

Le manège est reparti pour un tour.

Mardi 7 novembre

Je connais déjà le tribunal des Prud'hommes. Celui de Nanterre en tout cas. L'histoire remonte à quelques années. À l'époque où je travaillais pour payer mes cours de théâtre, et accessoirement mon loyer et remplir mon frigo. Un poste d'agent courrier à la société Dynapost. Un travail qui consiste à distribuer colis et enveloppes dans une tour du quartier d'affaires de La Défense, au sein de la Sogecap, filiale assurance-vie de la Société Générale.

Je m'y plais alors beaucoup. Au fil du temps, j'ai même tissé des liens amicaux avec quelques membres du personnel. Mais au bout de six mois de bons et loyaux services, mon interlocutrice (au nom de conifère, cela a une importance pour la suite) fait savoir à mon responsable hiérarchique qu'elle ne me supporte plus. Quelques indices me l'ont fait pressentir, notamment une certaine aigreur dans son attitude, dont je ne suis toutefois pas le seul destinataire. Au sein de l'entreprise, personne ne semble trouver grâce à ses yeux, toute réciprocité égale par ailleurs. Je suis informé en début de semaine que ce sera ma dernière sur le site, avant d'être affecté à un autre. Un peu triste de quitter cet endroit, je décide d'écrire un petit texte, envoyé en un clic à tout le personnel, le vendredi du départ :

« Aujourd'hui est mon dernier jour parmi vous.

À défaut de pot de départ, veuillez trouver ci-dessous quelques vers, remplis à ras bord d'émotions et de remerciements pour tous les bons moments passés en votre compagnie.

Sogecap mon amour, comme tu vas me manquer
Tes DHL, tes plis et tes recommandés
Ont bercé mes semaines mais voilà qu'aujourd'hui
Je dois me retirer, fi de plaisanteries

Pourquoi ? me direz-vous. Demandez au bureau,
Celui rez-de-chaussée, des Moyens généraux
Adressez la demande, à celle qui, clin d'œil !
Porte le nom d'un arbre dont on fait les cercueils

Sans rancune, sans aigreur, avec les souvenirs
De votre accueil cordial, vos mots et vos sourires
Je quitte non sans peine votre quotidien
Comme on quitte un ami, et vous quittez le mien

Je vous souhaite à tous de biens belles années
Si possible très loin de ces quelques métiers

Qui d'une vie confortable offrent l'illusion
Et petit à petit se transforment en prison

Rappelez-vous dès lors l'enfant que vous étiez
Ses rêves, ses envies, ses joies et ses pensées
Car dès demain matin, vient en chassant la nuit
Le premier jour du reste de votre longue vie.

Merci à toutes et tous et au plaisir de croiser à nouveau votre route. »

Branle-bas de combat ! En quelques minutes, des dizaines de messages de remerciements affluent. Moins d'un quart d'heure plus tard, mon code d'accès à Internet est désactivé. Mon responsable hiérarchique prévenu. Ma mise à pied exigée. Il est alors considéré que je constitue « un danger pour l'entreprise ». À cause d'un poème… Dans la patrie de Victor Hugo et de Francis Lalanne.

Un entretien disciplinaire plus tard, la sanction tombe : licencié pour faute grave. Au même titre que si j'avais insulté, volé, harcelé. La procédure durera, comme c'est malheureusement trop souvent le cas, plusieurs années, mais le verdict finit par tomber :

« Le conseil des Prud'hommes de Nanterre condamne la société Dynapost à payer à monsieur Meurice Guillaume les sommes suivantes : 1343,29 euros à titre d'indemnité compensatrice de préavis, 134,42 euros à titre de congés payés afférents au préavis, 900 euros sur le fondement de l'article 700 du code de procédure civile. »

La qualification pour faute grave est annulée. Pour conclure la séquence, j'envoie un petit message à mon ancien supérieur hiérarchique : « On ne dira plus poète à deux balles mais poète à 2 300 balles. Merci pour tout. » Message resté sans réponse.

La justice, comme la vie, est pleine de surprises. En ce mardi 7 novembre 2023, il était convenu que j'enregistre une vidéo de parrainage de l'opération « Pères Noël verts » du Secours Populaire. Tous les ans, l'association se bat pour que les enfants issus des familles les plus modestes puissent vivre des fêtes de fin d'année moins lugubres. Il en va ainsi dans ce pays où des bonnes volontés sont contraintes de se mobiliser bénévolement contre la misère que le gouvernement crée. Il en est ainsi quand le ministre de l'Économie s'inspire moins des théories de Keynes que de celles de *Picsou Magazine*.

En arrivant au siège social, le responsable de l'opération, qui a organisé et planifié le tournage avec moi, m'annonce que « finalement le Secours Populaire préfère que tu ne figures pas dans cette campagne ». Quelques minutes après cela, j'apprends qu'une intervention que je devais faire à Polytechnique est également annulée. Je commence à cartographier la lâcheté.

Depuis le début de la polémique, une voix manque à l'appel. Celle de la ministre de la Culture. Rima Abdul-Malak est ce qu'on appelle « la ministre de tutelle ». C'est elle qui exerce une sorte de « contrôle » sur Radio France. Et il aura fallu, pour qu'elle s'exprime, la séance des questions au gouvernement du jour à l'Assemblée nationale.

« "En ce moment, il y a le déguisement Netanyahou qui marche pas mal. Une sorte de nazi, mais sans prépuce." Où a-t-on entendu ces propos infâmes ? Dans un meeting de La France insoumise, ou dans une manifestation propalestinienne ? Pas tout à fait, mais presque ! »

Laurent Jacobelli, député RN de la Moselle, s'accroche à son petit micro, juché sur les marches de l'hémicycle. Grâce à lui, ma blague fait son entrée au *Journal officiel*. Gravée pour l'éternité dans le marbre de nos institutions. Je n'en demandais pas tant.

Il poursuit, s'égosillant.

« C'était sur France Inter, une radio du service public français dont vous avez la tutelle, madame la ministre de la Culture. Depuis l'ignoble attaque du Hamas contre Israël, il y a tout juste un mois, plus de 1 000 actes d'antisémitisme ont été dénombrés en France. C'est le moment que Guillaume Meurice, ce comique troupier de l'abject, a choisi pour comparer les Juifs aux nazis, pour transformer les victimes en bourreaux. »

Mensonges. Une tradition dans cet hémicycle. Je n'ai jamais comparé « les Juifs » aux nazis. Je n'ai jamais transformé les victimes en bourreaux. J'ai juste parlé d'un seul bourreau. Il poursuit :

« L'hostilité envers nos concitoyens de confession juive s'est glissée partout : le sport, la culture, l'Assemblée nationale, même, mais aussi les médias ; et vous, madame la ministre, vous semblez y assister impuissante. Comment pouvez-vous tolérer que les impôts des Français servent à financer l'antisémitisme dans l'audiovisuel public, après y avoir largement financé le wokisme et l'islamo-gauchisme ? »

Les mots sont lancés comme des petits couteaux à bout rond à la lame émoussée. Le wokisme, terreur de celles et ceux qui s'agrippent à leurs privilèges comme à des bouées de sauvetage, a depuis un moment remplacé l'insulte droitdelhommiste dans le débat politique. Quant à l'islamo-gauchisme, sa résonnance avec les accusations de judéobolchévisme d'un autre temps ne semble même plus étonner.

Brouhaha dans les tribunes. Dans cette ancienne place forte de la République française, devenue peu à peu simple chambre d'enregistrement des desiderata présidentiels, les parlementaires font toujours semblant de débattre, de s'apostropher.

On aime y jouer à la démocratie comme des enfants jouent aux Playmobil.

« La parole est à Mme la ministre de la Culture », annonce la présidente de l'Assemblée.

Rima Abdul-Malak se lève de son banc et s'empare à son tour du micro.

« Je rappelle, n'en déplaise au Rassemblement national, que la presse est indépendante dans notre pays. Et que l'audiovisuel, public comme privé, dispose d'une liberté éditoriale totale. »

Mensonges. Une tradition dans cet hémicycle. L'immense majorité des médias français est détenue par des milliardaires dont il faudrait être bien naïf pour penser qu'ils ne sont pour rien dans la ligne éditoriale. Quant à l'audiovisuel public, il est soumis à des obligations de temps d'antenne précis pour les oppositions, la majorité, la parole gouvernementale qui ne lui laisse en aucun cas « une liberté éditoriale totale ». Elle poursuit.

« Que s'est-il passé dans ce cas précis ? Ne réduisez pas l'ensemble de la politique audiovisuelle menée sous la houlette de la présidente Sibyle Veil à trois mots d'un animateur, humoriste de surcroît. Charline Vanhoenacker, productrice de l'émission incriminée, a publié un message dans lequel elle s'est dite profondément navrée ; elle a rappelé que l'antisémitisme est une abomination qui n'a pas sa place dans son émission. Adèle Van Reeth, la directrice de France Inter, a également publié un message disant qu'une limite avait été franchie, pas celle du droit, qui reste à établir, mais celle du respect et de la dignité. La présidente de Radio France a pris une sanction disciplinaire. »

Pour résumer, « Regardez, tout le monde s'est désolidarisé de Guillaume Meurice, donc tout est ok ! »

Meyer Habib hurle depuis sa place. Il est rappelé à l'ordre.

« Pour ce qui est de mon engagement dans la lutte contre l'antisémitisme aux côtés de tous mes collègues du gouvernement, je ne reviens pas dessus mais il est total. Nous continuons ce combat tous les jours. »

Encore une occasion ratée de rappeler les origines antisémites du parti depuis lequel le député Jacobelli s'exprime.

Et encore une occasion ratée de rappeler que les limites de la liberté d'expression sont simplement celles de la loi.

En vérité, seules deux solutions s'offrent aux personnes censées décider de mon sort : considérer ma blague comme véritablement antisémite et me licencier sur-le-champ de manière tout à fait compréhensible et légitime, ou, plus honnêtement, admettre qu'elle ne l'est pas et donc défendre ma liberté de parole.

En dehors de ces deux chemins, tout est flou artistique, acrobatie, grand écart entre notions absconses, fuite en avant sur des sentiers non balisés de la malhonnêteté intellectuelle.

Bref, depuis plus d'une semaine, le hors-piste est total.

Mercredi 8 novembre

Le café est chaud et l'ambiance plutôt détendue dans le local de l'association Tsedek. Face à moi, Jonathan Ruff-Zahn, contacté quelques jours auparavant, à qui j'ai proposé de participer à ma prochaine chronique. Il est l'un des porte-parole de cette association juive décoloniale qui se bat contre la politique de Benjamin Netanyahu.

Ma chronique suivante sera probablement plus écoutée que d'habitude. Je souhaite donc donner de la visibilité à celles et ceux qui luttent pour la paix et le cessez-le-feu, et tentent de nous sortir du clivage imposé « musulmans contre juifs » dans lequel on cherche à réduire ce conflit.

J'ai préparé quelques questions faussement naïves pour que Jonathan puisse avoir un maximum la parole, et expliquer le projet de son collectif. En une quinzaine de minutes, c'est dans la boîte. Nous prenons le temps de finir notre café. Il me parle des pressions que lui et ses camarades subissent aussi. Curieuse époque où celles et ceux qui demandent le silence des armes sont menacés, présentés comme des extrémistes.

J'en profite pour lui raconter les intimidations reçues il y a quelques années, émanant de nationalistes serbes. J'avais eu le malheur de plaisanter dans une chronique en pointant du doigt leur propension à la castagne. La séquence avait été extraite, traduite, puis diffusée en boucle sur les chaînes de télévision serbes avec un bandeau : « UN JOURNALISTE D'UNE CHAINE D'ÉTAT FRANÇAISE INSULTE LE PEUPLE SERBE. » Cela m'avait valu quelques jours de menaces, parfois en version originale dans le texte, sur les réseaux sociaux.

Pour résumer : des nationalistes que j'avais présentés comme violents voulaient littéralement me casser la gueule. Ironie de la vie.

La journée se poursuit, toujours autour d'un café. Mais cette fois-ci, en compagnie de Charline. Nous avons eu peu de temps pour nous parler depuis le début du mois. Nous actons un désaccord. Elle pense que j'aurais dû prendre la parole pour tenter d'apaiser les choses. Je lui explique que je préfère répondre comme à mon habitude, calmement et humoristiquement, dans ma prochaine chronique.

Nous en discutons dans un café qui se situe à l'arrière de la Maison de la Radio et non pas dans la plus exposée brasserie Les Ondes, située quasiment en face de l'entrée principale. Souci de discrétion raté car nous nous apercevons que Sibyle Veil est à quelques tables de nous. Elle passe nous saluer, visiblement plus détendue que lors de notre entretien. J'en profite pour lever un doute :

« Vous pensiez vraiment que, si je voulais enregistrer notre échange, c'était pour en faire une chronique ?

– Oui. Vous êtes capable de tout ! »

En repassant par mon bureau, je prends le temps d'ouvrir mon courrier. J'en ai peu. Voilà bien longtemps que les tweets ont remplacé les lettres manuscrites. J'ai en tête une interview de Jean Yanne dans laquelle il raconte les sacs reçus à chaque blague. Ce dernier présentait même une séquence dans laquelle il lisait le courrier des téléspectateurs effarés et haineux devant les « Shadoks », programme devenu mythique, dont l'une des devises était : « Il vaut mieux mobiliser son intelligence sur des conneries que mobiliser sa connerie sur des choses intelligentes. »

Elle me semble toujours valable aujourd'hui.

Quelques enveloppes trônent toutefois sur mon bureau. En les ouvrant, je découvre un « À TA PLACE JE REGARDERAI 2 FOIS EN QUITTANT TON DOMICILE FILS DE SALE PÉDÉ. » Quel élan faut-il à une personne pour écrire ces mots ? Quels tourments traversent l'esprit d'un être humain au moment d'écrire « FILS DE SALE PÉDÉ » ? Mystères de la psyché...

Autre lettre, anonyme toujours, bien évidemment : « Meurice vous n'êtes qu'un petit merdeux, une lopette cachée derrière un micro, pauvre connard. Nous te croisons nous te pètons ta petite gueule de PD. Compte tes dents car tu vas être édenté. Après tu vas bouffer de la purée avec une paille. C'est toi le NAZI sauf que tu n'as ni bite ni couilles sauf pour te faire sodomiser comme un PD que tu es. »

Même champ lexical avec quelques considérations anatomiques assez inattendues. Une forte absence d'imagination est à noter dans l'ensemble. Sauf pour un courrier un peu plus épais que les autres. Une enveloppe à bulles dans lequel je découvre un de mes livres découpé en deux. Audacieuse démarche qui consiste à se munir d'un de mes ouvrages et d'une scie sauteuse. Je salue le style et la prise de risque.

En rentrant chez moi, je reçois d'un ami un extrait de l'émission de Pascal Praud. J'avais failli l'oublier celui-ci. Son invité d'hier : Michel Leeb. J'avais failli l'oublier aussi.

« Une question qui est souvent posée aux humoristes : peut-on tout dire ? Doit-on tout dire ? Est-ce que l'époque a changé ? Vous avez commencé vous à être sur la scène dans les années 1980. Aujourd'hui j'ai le sentiment qu'il y a beaucoup d'autocensure chez les humoristes parce que faut blesser personne.

– C'est ça !

– Mais l'humour, ça peut blesser de temps en temps !

– Oui, ça peut blesser d'autant qu'on est, en principe, dans une société où on peut tout dire, enfin... Ou de la liberté totale, puisqu'au départ c'est ça. On a une philosophie qui consiste à pouvoir être libre de dire ce qu'on veut... En fait, on est complètement dans une société contraire, c'est liberticide complètement. On peut plus dire ce qu'on veut, ni comme on veut, ni quand on veut, c'est compliqué.

– Quand vous écriviez des scènes dans les années 1980 vous étiez en pleine liberté ?

– Oh oui. Il n'y avait aucun problème. Il n'y avait pas du tout d'interdit. On était complètement libre de dire ce qu'on voulait. »

Michel Leeb est notamment connu pour un sketch où il mime un singe pour « imiter » un « Africain ». Il est sur le plateau pour la promotion d'une pièce qu'il joue avec Francis Huster au... Théâtre des Nouveautés. Pascal Praud s'inquiète de la censure dans l'humour. Le réel est toujours aussi peu crédible.

Jeudi 9 novembre

Ce jeudi est un grand jour. L'impression d'un accomplissement total. D'avoir réussi ma vie. D'être parfaitement à ma place.

J'ai mon portrait dans *Valeurs actuelles* !

Danse de la joie ! Ce magazine est connu depuis plusieurs années pour considérer tout ce qui est à la gauche d'Éric Ciotti comme du léninisme. J'ai déjà eu l'honneur d'apparaître dans leurs colonnes ces dernières années. Il est vrai que je suis quelquefois en léger désaccord avec leur ligne éditoriale. Ce qui leur semble proprement insupportable.

Mieux, nous avons collectivement eu la chance de faire la joie de la rédaction d'extrême droite lors d'un voyage en train vers Annecy avec l'équipe de l'émission. C'était en juin 2019. Titre de l'article : « Des chroniqueurs de France Inter saouls dérangent un TGV. » Leur seule et unique source : un type placé derrière nous dans le train et qui a tweeté son exaspération :

« Ce soir je me retrouve dans le TGV à côté d'un petit groupe de personnes comprenant plusieurs journalistes de France Inter (dont Charline Vanhoenacker et Guillaume Meurice). Certains s'enivrent, ils braillent, ils rient fort, ils renâclent (c'est surtout Vanhoenacker qui renâcle comme un petit cochon). »

Carte de presse chevillée au corps, la rédaction de *Valeurs actuelles* a contacté cet Edward Snowden de wagon-bar pour plus de précisions. Il répondit avec zèle et courage, et l'article fut mis en ligne dans la foulée. La vérité des faits : sans doute avons-nous parlé un peu fort en partageant gaiement l'apéro, personne n'était saoul, et je ne suis pas plus journaliste que champion d'Europe de CrossFit. Morale de l'histoire : la délation est toujours une belle tradition d'extrême droite. Et la paresse d'une certaine presse, couplée à son addiction au buzz « à pas cher », aura pour conséquence un article mémorable de *La Dépêche du Midi* titré « Ivres, les chroniqueurs de l'émission Par Jupiter ! sur France Inter sèment la pagaille dans un TGV ». À ce degré de désinformation, on aurait pu pendre le contrôleur par les pieds et vomir dans les chaussures du barista.

Revenons à mon portrait du jour. Il commence ainsi : « Merci de l'invitation tout de même ! Ça me change des menaces de mort que je reçois en ce moment. » Par message, smiley clin d'œil à l'appui, Guillaume Meurice rejette poliment notre demande de café. [...] En quelques jours, l'humoriste star de France Inter est tombé en disgrâce. [...] Il ne compte plus les menaces de mort qu'il reçoit quotidiennement, chaque sortie de son domicile se révèle périlleuse. Il est devenu un homme acculé, cerné, coincé. »

Il faut reconnaitre au « journaliste » un certain sens de l'accroche. Spécialiste du discours sécuritaire, l'hebdomadaire troque son éculé « la France a peur » pour « Guillaume Meurice a peur ». Ainsi, chaque excursion hors de mon canapé s'avèrerait se faire au péril de ma vie. Je serais bloqué chez moi, roulé en boule derrière une porte blindée.

Une simple enquête sur Internet aurait pourtant permis à ce Sherlock Holmes des temps modernes de se rendre compte que, depuis le début de la polémique, j'ai joué un spectacle devant 1 800 personnes, participé à des tables rondes dans un festival, signé des livres à plusieurs séances de dédicaces.

Le reste du papier de *Valeurs actuelles* est de peu d'intérêt et consiste juste à rappeler les faits et les arguments creux déjà maintes et maintes fois rabâchés à longueur de plateaux télévisés et d'émissions de radio. Il ne manque pas de rappeler que, officiant pour France Inter, je suis payé par de l'argent public. Il manque de rappeler les dizaines de milliers d'euros de ce même argent public reçus par son magazine ces dernières années au titre des différentes aides à la presse écrite.

Lorsque l'on travaille sur une chaîne de l'audiovisuel public, la question du financement revient régulièrement dans la bouche des détracteurs. Il est vrai que nous sommes payés par les contribuables. Alors, depuis quelque temps, je propose à chaque personne qui semble mécontente de mon travail sur l'antenne de la rembourser de ce que je lui coûte effectivement. J'ai effectué le calcul en prenant en compte le coût de mes cachets et la somme globale perçue au titre de la redevance audiovisuelle. Le chiffre avoisine les 0,0001 euros. Je propose donc à celles et ceux qui le souhaitent de leur envoyer un chèque de ce montant, en échange d'une enveloppe timbrée, bien évidemment. Je n'en ai jamais reçu.

Attardons-nous un moment sur cette redevance, supprimée depuis par Emmanuel Macron pour figurer désormais dans le budget global de l'État. Pas de gros changement à première vue. Il s'agit toujours d'argent public, perçu comme une taxe. Et pourtant.

L'avantage de la redevance, telle qu'elle existait, était la sanctuarisation d'une somme précise dédiée à l'audiovisuel public. Sa suppression fait du financement de ce dernier une simple ligne de budget négociable d'année en année. Négociable elle le sera – *SPOILER ALERT* – à la baisse, bien évidemment.

Plus personne n'ignore la technique consistant à réduire le financement d'un service public pour le faire dysfonctionner, légitimant ensuite sa privatisation. Classique mais efficace, cette logique est déjà à l'œuvre dans bien des domaines, notamment celui de la Santé. Avec les résultats que l'on connaît. Jamais la santé financière des actionnaires ne s'est aussi bien portée.

En attendant le démantèlement total de la Maison de la Radio et son remplacement par une agence de communication, ou autre entreprise d'abrutissement de masse (ce qui revient bien souvent au même), on y trouve toujours des gens à l'écoute comme le responsable de la sécurité de Radio France, qui me propose son aide pour déposer plainte contre les auteurs des menaces de mort.

Je lui présente une sélection de messages qui me paraissent plus inquiétants que les autres. J'écarte les simples insultes, ou les souhaits de me voir disparaître d'une manière ou d'une autre, pour ne garder que ceux qui visent explicitement mon intégrité physique. Nous convenons d'une date à laquelle nous rendre au commissariat. Ce sera l'occasion de vérifier si « *all cops* » sont bien des Bisounours.

Je m'apprête à regagner mon bureau pour commencer à écrire ma chronique et choisir les extraits que je diffuserai à l'antenne, lorsque devant les ascenseurs résonne un retentissant « Guillaaaaaauuuuume Meuuuurice ! » À peine le temps de me retourner que Fabrice Lucchini me tombe dans les bras.

Je ne le connais pas personnellement. Il me semble même ne jamais avoir eu l'occasion de le croiser, mais le voici en train de m'étreindre en plein milieu du couloir. Il sort d'une émission enregistrée dans les studios de France Inter. On discute. On plaisante. Il s'inquiète de ma situation avant de partir dans des envolées lyriques dont il a le secret, citations de Nietzsche et de La Fontaine à l'appui. Improbable.

Il me souhaite bon courage pour la suite avant de disparaître dans son taxi.

Comme si la journée ne m'avait pas réservé assez de surprises, une employée de la Maison de la Radio m'envoie un message : « Gros dossier ! Rappelle-moi. » Lorsque je lui téléphone, elle me fait écouter une séquence qui s'appelle « L'humour d'Inter ». Il s'agit d'extraits de chroniques, contenant quelques blagues issues de diverses émissions, destinées à faire la promotion de l'esprit qui règne parfois sur la station.

On y entend tout d'abord une blague de Charline puis… la fameuse blague sur Netanyahu qui fait couler tant d'encre depuis des jours et des jours. La diffusion de cette promotion est datée du lundi 30 octobre, soit le lendemain de l'émission. Intéressant de voir qu'elle n'avait donc pas été jugée si mauvaise par France Inter, au point de servir à incarner ce qu'elle juge représentatif de l'humour de la station.

Possiblement, c'est en entendant cette blague hors contexte que les réactions ont débuté. Personne, y compris à la direction, n'a cru bon de m'en informer. Je ne m'en offusque pas. Je constate. Comme dirait La Fontaine : « Patience et longueur de temps font plus que force ni que rage. »

Vendredi 10 novembre

Dans l'équipe de l'émission, cette polémique commence à faire quelques dégâts que l'on pourrait qualifier de collatéraux. Hippolyte Girardot et Clara Dupont-Monod refusent de participer à l'émission de dimanche prochain. Clara, que je connais depuis près de dix ans, avec qui j'ai travaillé parfois même quotidiennement, m'envoie un long message pour me dire qu'elle ne serait pas à l'aise d'être en studio avec moi, ne sachant pas ce que je vais dire. Côté Hippolyte, que je côtoie également depuis pas mal de temps, silence radio.

Je suis à Vierzon quand je reçois la nouvelle. C'est ma première date de spectacle depuis début novembre. En arrivant au théâtre, l'ambiance est détendue. J'apprends que quelques spectateurs ont annulé leur réservation, outrés par ma blague. Ils ont vite été remplacés par d'autres qui se trouvaient sur liste d'attente.

J'entre sur scène, ravi de retrouver le simple plaisir de partager un moment avec un public enthousiaste. À la fin, comme à mon habitude, je sors de la salle pour partager un moment avec les gens. Quelques personnes s'inquiètent pour moi. La majorité compatit face à l'absurdité de la situation. La plupart se questionnent face aux polémiques montées de toutes pièces et qui animent Twitter et deux arrondissements de l'Ouest parisien.

Je n'étais jamais allé à Vierzon. Je connaissais seulement la chanson de chaque Brel qui évoque cette ville. Ayant grandi non loin de Vesoul, mon destin se retrouvait de fait lié à elle. Je me suis toujours amusé des messages me traitant de « bobo parisien ». J'ai l'habitude d'y répondre par un lien Google Maps de là où j'ai vécu mon enfance et mon adolescence. La Haute-Saône.

Bien souvent, personne ne sait placer ce département sur la carte. « On nous prend pour des campagnards », avait titré le journal *Libération* qui avait envoyé une de ses journalistes dans mon collège dans les années 1990.

Plus de trente ans après, c'est un autre texte que je découvre dans ce même journal. Il est signé Adrien Dénouette, critique de cinéma et enseignant. Et sans doute décrit-il de la façon la plus juste ce que je ressens.

Je me permets, avec l'accord de son auteur, de le reproduire ici en intégralité.

« Accuser l'humoriste d'aller trop loin, c'est lui reprocher de bien faire son travail.

Le conseil de discipline a rendu son verdict. Pour sa blague comparant Benyamin Netanyahou à un nazi sans prépuce, l'élève Guillaume Meurice écope d'un blâme de mauvaise conduite. La sentence rappelle des précédents. En 2010, Stéphane Guillon et Didier Porte avaient pris la porte de la même maison pour les mêmes raisons : dérapages humoristiques à tendance gauchiste. Huit ans plus tard, Vincent Bolloré obtenait enfin la peau des Guignols, avant d'évacuer un à un tous les éléments perturbateurs de sa chaîne jusqu'à Sébastien Thoen, renvoyé pour un (très bon) sketch parodiant l'émission de Pascal Praud sur CNews. L'histoire se répète et la satire grand public continue de reculer, sans que personne ne tire la sonnette d'alarme. Ni dans la presse, dont la frilosité assourdissante laisse le champ libre à l'indignation facile, ni à la Maison ronde, qui malgré un nombre croissant de chroniqueurs humoristiques, ne se fait jamais prier pour les faire taire.

Peut-on rire de tout ? L'humour politique a-t-il sa place sur le service public ? La ligne jaune gnagnagna a-t-elle été franchie gnagnagna ? On connaît la rengaine. À intervalles réguliers, le débat refait surface, et nous laisse dans l'impasse, la réflexion n'ayant pas progressé d'un millimètre en vingt ans de polémiques stériles. Les rappels à la "responsabilité" et à la "décence" dans l'affaire du "nazi sans prépuce" en apportent encore la preuve, même si Radio France n'est pas la seule fautive. Comme en témoigne le vide accablant d'autorités compétentes dans l'arène publique, l'incompréhension de la satire a dépassé le stade des goûts et des couleurs pour devenir un problème de société. Nulle part, elle n'est défendue avec force, nulle part ses bêtises ne sont appréciées à leur juste valeur, et ses fauteurs de troubles protégés des appels à censurer au nom de la raison, de la sensibilité de chacun, et de je ne sais quelles oreilles innocentes.

Une affaire de goût.

Alors même qu'il s'agit avant tout d'une affaire de goût, et donc d'appréciation esthétique, l'humour est un angle mort de la critique. Résultat, partout le débat se heurte à des problèmes de définition élémentaires, comme je l'ai constaté en parlant de mes travaux sur le rire et la satire, dont la fonction d'être déraisonnable, vulgaire, sale quand tout le monde se voit bien propre, se heurte presque toujours à un mur de méconnaissance et la nécessité d'un gros travail de désherbage. À croire qu'il n'existe aucune étude sérieuse sur le sujet, aucun spécialiste à l'université, dans les milieux culturels, et que la France de Rabelais, de Daumier, de *Charlie Hebdo*, n'a jamais pratiqué le persiflage.

Accuser l'humoriste d'aller trop loin, c'est lui reprocher de bien faire son travail. Quand sa direction lui demande d'être exemplaire "comme les autres employés de Radio France", elle méprise deux choses. D'abord, sa liberté de provoquer est protégée par le droit à la satire. Ensuite et surtout : que l'humoriste fait profession de désobéir. Oui, Guillaume Meurice a franchi la limite, on le paie pour cela. Car l'humoriste n'est pas "n'importe quel employé", sa parole n'informe pas, elle tourne en dérision le sérieux des autres sous le masque d'un personnage. Dans l'exercice de la satire, son travail est d'être le plus irresponsable possible, de dire ce que personne d'autre n'oserait dire, en suspendant les choses sérieuses le temps de faire régner cette parole anarchique – pour de rire. Plus on lui demandera de se tenir tranquille, plus il sera tenté de semer le chaos, exactement comme l'élément perturbateur qu'il devait être à l'école. C'est pourquoi les rappels à l'ordre n'ont pas d'effet sur lui, et que l'humoriste, en refusant de s'excuser, fait honneur à son rôle de parasite.

Pulsion autoritaire

Toute tentative de faire taire la moquerie cède à une pulsion autoritaire. C'est la leçon oubliée des *Misérables* et de la mort de Gavroche, chambreur de haute voltige buté pour avoir provoqué la garde royale. Au fond, les rappels à l'ordre de Radio France répondent à la même passion. Ils révèlent les impostures morales de l'époque, qui sous le masque de la bienveillance trépigne d'instaurer la tyrannie des susceptibles. Quand elle pointe du doigt la confusion entre humour et opinion chez Meurice, la direction est hypocrite. France Inter a-t-elle réellement attendu le 29 octobre 2023 pour réaliser qu'elle abritait de l'humour politique ? Cela fait quinze ans qu'elle en diffuse. La question de cet humour-là sur le service public se pose, mais qui la station espère-t-elle duper en se déchargeant sur l'humoriste ? La seule responsable, c'est elle. Meurice, lui, fait du Meurice. Quant à sa blague, je ne la trouve pas obscène, je la trouve grossière. La vraie obscénité est dans l'esprit tordu de ceux qui désirent y voir de l'antisémitisme à tout prix.

La satire est un contre-pouvoir à la domination des puissants. Sa dérision perce une issue dans le couple passion-raison à la manière d'une troisième voie, pointant l'absurdité des deux autres. La laisser décliner sans se demander quels intérêts servira son absence (alors qu'il suffit de suivre la main qui la désactive), c'est ignorer les tensions qu'elle soulage, le rôle clé qu'elle occupe dans une société d'expression libre. Sans la satire des Guignols, qui agissait sur moi comme un décontractant, comment aurais-je dédramatisé le journal plombant de David Pujadas lors des attentats du 11 Septembre, puis le climat déprimant des invasions de l'Afghanistan et de l'Iraq ? La marionnette de Ben Laden avait-elle respecté "le temps de l'émotion" ? "Barbie spissdikounass", avait-elle pris soin de tourner sept fois sa langue dans sa bouche pour s'assurer d'avoir fait preuve de "discernement" ? À l'heure des parallèles douteux déplorant l'importation du "Hamas à Arras" par Zemmour sur BFM-TV, le manque de satire se fait cruellement sentir. Entre cette punchline et le "nazi sans prépuce" d'un humoriste que personne n'oblige à écouter, c'est de la seconde que l'on choisit de s'émouvoir. Preuve s'il en fallait que personne n'ait jamais été Charlie dans ce pays de petits cafardeurs. »

Rien à ajouter. Rien à enlever.

Les Guignols ont toujours fait partie de mon panthéon humoristique. La manière qu'avait cette émission de traiter de l'actualité parfois plus que brûlante, à un rythme quotidien, avec toujours le décalage nécessaire, ne cesse de m'inspirer. De nombreuses fois, ils ont eu à essuyer les foudres d'un pouvoir aux abois, vexé et susceptible. Bolloré a signé leur arrêt de mort sur Canal Plus. Dis-moi qui tu vires, je te dirai qui tu es.

Samedi 11 novembre

De Vierzon, je gagne Brive, en train, pour un des salons du livre les plus fréquentés du pays. Le temps d'un week-end, la capitale de la Corrèze se transforme en VIe arrondissement de Paris. Les maisons d'édition les plus en vue rivalisent pour être les mieux placées sous la halle Georges Brassens. J'y entre en sifflotant : « Au village sans prétention, j'ai mauvaise réputation… » Les gens se marrent. En tournant la tête, je croise le regard perdu de Jacques Attali, installé juste derrière moi.

Je suis bientôt rejoint par Nathalie Gendrot avec qui nous signons sans discontinuer jusqu'à la fin de l'après-midi. L'ambiance est à la franche rigolade. Une personne tente de gâcher la fête en venant maugréer son hostilité envers ma présence. Bien vite, elle préfère s'éclipser. Un des visiteurs m'informe : « Je viens d'écouter France Culture, Finkielkraut a parlé de vous. » Il ne manquait plus que lui dans mon album

Panini des plus beaux esprits rétrogrades du pays. En repassant à mon hôtel, avant le dîner du soir, je jette une oreille à ce qu'a dit l'« Immortel » (c'est ainsi qu'il convient d'appeler les académiciens, jusqu'à leur mort). Il évoque le procès de Dreyfus.

« Lors de ce procès, l'avocat de Dreyfus, Labori, se fait tirer dessus. Et *La Libre Parole* de Drumont a ce trait d'humour : "As-tu vu le trou de balle ? Le trou de balle as-tu vu ? Le trou de balle à Labori." Et là, ça m'a immédiatement fait penser à Guillaume Meurice ! »

Sans gêne et sans détour, un homme que d'aucuns considèrent comme un grand intellectuel français, me compare à Édouard Drumont, une des principales figures de l'antisémitisme de notre pays, auteur de *La France juive* et cofondateur de la Ligue nationale antisémitique de France. Dans un parallèle aussi audacieux qu'inepte, me voilà donc associé à ce qui se fait de pire en matière de haine et de discrimination. Et tout cela de la part d'un ancien maoïste devenu le petit télégraphe de l'extrême droite contemporaine. De la haute voltige.

Le procès médiatique en antisémitisme mérite toutefois que l'on s'y attarde. Dans ma blague, j'utilise le terme « nazi » comme quelque chose d'infamant, de disqualifiant. Je ne fais pas l'apologie du nazisme, ni même ne minimise le terme. Je m'en sers au contraire pour décrire avec outrance la politique meurtrière d'un homme. Il semble alors bien que l'accusation qui voudrait m'associer à une quelconque forme de bienveillance vis-à-vis d'un mouvement de pensée fasciste tombe à plat. Si j'avais plaisanté en disant « une sorte de Nordahl Lelandais » ça n'aurait pas été davantage pour glorifier le tueur en série.

Autre tentative de rapprochement fallacieux : celui avec Dieudonné, multicondamné pour ses propos contre les Juifs. L'accusation vient de Rima Abdul-Malak elle-même. Au micro de France Bleu, elle se lâche : « C'est une rhétorique qui vient plutôt de Dieudonné. C'est quand même une rhétorique qui se rapproche de certains extrémismes, voire de l'antisémitisme. [...] Dans le contexte particulier dans lequel cette blague, entre guillemets, a été dite, il y a quand même une responsabilité de chacun. Chaque mot doit être pesé. »

Les siens sont lourds d'ambiguïté et de sous-entendus.

Toutefois, je n'ai pas le temps de m'inquiéter, ni même de répondre, car Le Cardinal, boîte de nuit mythique des soirées brivistes, nous attend. Dans ces quelques mètres carrés enfiévrés, se trémoussent et braillent les tubes des années 1980, à la fois le gratin littéraire germanopratin et la jeunesse corrézienne. C'est ainsi que, sur fond d'Émile et Images, je croise mon ami Rachid Benzine avec qui nous nous lançons dans une discussion sur l'état de la liberté d'expression en France et l'impression du « deux poids deux mesures ».

Nous tentons de définir vaguement cette nouvelle manière dont on pourrait donc « peser les mots », entre deux bières.

La nuit est déjà bien avancée. Quelques noctambules me payent des verres. Ils m'entraînent *au bout de la nuit, les démons de minuit.* Voire ceux de trois heures du matin…

Dimanche 12 novembre

Sans surprise, les quatre heures de train entre Brive et Paris sont consacrées au rattrapage du temps de sommeil entre deux « Mesdames et messieurs nous arrivons en gare, veillez à ne rien oublier à votre place » et autre « faites attention à l'espace entre le marchepied et le quai ». Je retrouve mes collègues à la Maison de la Radio. Exceptionnellement, cette émission n'aura pas lieu en public, officiellement « pour des raisons de sécurité ». L'ambiance est tendue mais joyeuse. Clara et Hippolyte ont été remplacés au pied levé par Constance et Laélia Véron. Je sais que ma chronique est très attendue, mais je sais aussi que ce n'est qu'une chronique. En tant que clown, toute forme de pression sur moi m'a toujours paru un peu dérisoire.

J'ai d'ailleurs toujours eu du mal à comprendre comment un humoriste pouvait se prendre au sérieux, son métier consistant précisément à lutter contre cet esprit et faire dégonfler les têtes. J'ai également toujours pensé que l'on avait tendance à nous prêter trop d'attention, et d'intentions. Il est clair que cela s'est particulièrement révélé exact ces derniers jours.

Il est plus de 19 h 15 quand Charline lance ces quelques mots : « Voici l'homme qui est très attendu… C'est Guillaume Meurice. » Je laisse planer un petit silence. Et je commence :

« "Nous allons continuer à titiller les interdits", ainsi parlait la philosophe Adèle Van Reeth. Toujours citer les grandes intellectuelles en début de chronique. Ça fait bien. Et puis celle-là de chronique, j'ai l'impression qu'elle est pas mal attendue. On va faire un bon score Médiamétrie. Notamment, je pense, à la DRH de Radio France qui doit être à l'écoute.

Alors allons-y. Bon bah déjà je voulais remercier pour vos messages de soutien. Désolé je n'ai pas pu répondre à tout le monde, j'étais pas mal occupé. C'est mon point commun avec la Cisjordanie d'ailleurs.

Je voulais vous dire que j'ai lu aussi les remarques constructives suite à cette histoire de Netanyahu, nazi, prépuce. On m'a dit : "Ouais, mais le Hamas aussi sont des nazis sans prépuce." Eh oui ! Et je n'ai jamais dit le contraire. Je me demande si y a pas un problème avec cette absence de prépuce. Ça les énerve en fait. Je ne sais pas. C'est sans doute un facteur aggravant.

Mais bon j'ai eu aussi des messages de paix et d'amour. J'en ai eu sur mon tél personnel parce qu'il a fuité. Alors je vais vous donner tout de suite un exemple de message.

“Dis-moi espèce de petit enculé, dis-moi espèce de merde. T’es la pute de la France toi. Tu veux que je te dise, t’es une grosse merde mon pote. T’es une grosse merde. Alors je t’explique, on est juif et tu veux que je te dise ? J’espère que tu vas crever dans un attentat de bougnoules, espèce de merde.”

Alors, c’est pas Charlie. C’est pas Charlie du tout. Bon je vous ai pris un modéré pour ne pas trop vous choquer. Je vous épargne les autres qui sont plus menaçants. Je les réserve pour le tribunal.

Alors évidemment j’ai conscience que j’ai choqué beaucoup de gens en comparant un fasciste à un nazi.

Donc dans un souci d’apaisement, j’ai voulu aujourd’hui donner la parole à un collectif juif qui s’appelle Tsedek. Et à un de ses porte-parole qui s’appelle Jonathan.

Alors Tsdek est né de la rencontre de militantes et de militants juifs issus de l’antiracisme, du mouvement de solidarité avec les Palestiniens et du mouvement social en général.

– Qu’est-ce que ça veut dire Tsedek ?

– C’est un terme hébreu qui renvoie au concept de justice dans la tradition juive.

– Justice, c’est pas une attaque contre Éric Dupond-Moretti, rassurez-moi.

– Non, il faut laisser la justice faire son travail, monsieur Meurice.

On la laisse. Elle en a du boulot en ce moment. Avec moi et avec Éric Dupond-Moretti.

On vit dans un pays où le ministre de la Justice est en procès devant la Justice.

Mais aussi, on vit dans un pays où Stéphane Guillon donne son avis sur l'humour. Donc voyez la période est complètement dingue quoi !

Moi dans la même semaine, j'ai été d'accord avec Dominique de Villepin, Moundir de Koh Lanta dans TPMP… et le pape ! Et le pape ! C'est que la période est vraiment trouble.

Alors toujours dans ce souci d'apaisement, moi je propose Netanyahu prix Nobel de la paix. Jonathan ?

– Pour certaines personnes la réponse est oui. Il a été proposé en 2020 aux côtés d'autres colombes comme Mohamed Ben Zayed, le président des Émirats Arabes Unis.

– Ah il a vraiment été proposé comme prix Nobel de la paix ?

– Ouais.

Et ouais mais en même temps pourquoi pas ? Quand il aura construit un parking sur la bande de Gaza, il y aura la paix sur cette terre.

Regardez par exemple Mussolini… Non, je rigole, je rigole. Parce que j'imagine Pascal Praud qui écoute. Il est là avec son stylo, il note et tout… Désolé pour l'ascenseur émotionnel, Pascal. Faudra trouver un autre sujet pour demain. On enchaîne avec la situation au Proche-Orient toujours.

– Être Gazaoui, c'est ne connaître que la privation, la violence des campagnes militaires israéliennes, et l'omniprésence de la mort et tout cela est maintenant documenté par le travail de nombreuses ONG internationales, y compris des ONG israéliennes. Netanyahu accompagne un mouvement de fascisation du champ politique de la société israélienne. La coalition qui lui a permis d'accéder au pouvoir et qui est actuellement aux commandes en Israël est composée de ministres qu'on n'hésiterait pas à désigner comme des néonazis s'il ne s'agissait pas d'Israël.

Wowowowow ! Pascal Praud a repris son stylo d'un coup. Alors pour noter quoi ? L'embarras de Pascal est visible depuis l'espace. Et son *seum* aussi. Continuons…

– Cette violence systémique et permanente est vouée à se retourner contre les Israéliens et elle l'a fait de façon brutale et cruelle avec les massacres du 7 octobre. La colonisation enferme colonisateurs et colonisés dans des rapports déshumanisants et ôte toute possibilité de coexistence pacifique.

– Mais alors est-ce que ça ne fait pas de vous des antisémites, de critiquer Netanyahu et sa politique, et ses ministres ?

– Nos adversaires politiques font tout pour tuer le débat autour du colonialisme israélien. Comme on dit : quand on n'a pas d'argument, on fait la guerre à l'argument.

Alors ça non. Je ne peux pas croire que les pro-Netanyahu soient malhonnêtes à ce point. Depuis ma blague, ils m'ont pas mal écrit. Et c'est vraiment des belles personnes. Ils s'intéressent beaucoup à ma maman, notamment. Et à son épanouissement sexuel. Et ça je trouve que c'est plutôt sympa.

Allez concluons avec ce qui fait l'essence de l'action de l'association Tsedek. Et d'autres associations du même type.

– Pour nous, les histoires, les valeurs, les traditions qui tissent notre judéité valent mieux que ça. C'est parce que nous sommes fiers d'être juifs que nous avons honte de ce qui est fait en notre nom en Israël. L'histoire juive est une source de sagesse pour nous. C'est aussi en raison de l'histoire de la persécution des juifs que nous défendons la dignité et les droits du peuple palestinien face à l'oppression qu'il subit.

Voilà alors, est-ce que le dire, même avec des mots qui choquent, même maladroitement selon certains, c'est de l'antisémitisme ? Y compris si c'est des juifs qui le disent ? Ou est-ce que c'est juste une question de liberté d'expression et de liberté tout court pour certaines populations ? La question est posée.

J'ai commencé par une grande penseuse. Je voulais finir par une autre. Elle s'appelle Laurence Bloch, directrice des antennes de Radio France. C'était après les attentats contre *Charlie Hebdo*, quand on recevait aussi des menaces de mort. Je cite : "Une nouvelle génération d'humoristes se déploie aujourd'hui en France et rencontre un public toujours plus nombreux.

C'est une chance. Accompagnons-les, respectons-les et quand l'envie prend à l'un ou l'autre de les traiter comme des enfants inconséquents ou mal élevés souvenons-nous de ce dimanche du 10 janvier 2015 où nous étions des millions à manifester pour l'un des droits de l'homme le plus essentiel : la liberté de s'exprimer."

L'émission se termine et nous prenons un temps pour partager quelques moments avec notre invité du jour, Simon Abkarian, acteur mais également auteur de la pièce *Électre des bas-fonds*. Il me rappelle la phrase d'une de ses héroïnes dans le texte qui affirme : « Je ne me repentirai pas d'un crime que je n'ai pas commis. Aucun regret ne viendra souiller le dernier souffle de ma vie. » Clin d'œil.

Cette fin de journée se termine tout de même dans l'absurdité propre à la période : devant le studio, deux agents de sécurité m'attendent patiemment. Le temps de rassembler mes affaires, ils m'accompagnent dans les couloirs déserts de la Maison de la Radio. Je plaisante avec eux, imaginant une éventuelle attaque du fantôme de Jacques Chancel.

Un taxi m'attend devant une sortie dérobée du bâtiment. Le chauffeur me parle de la présence du Rassemblement national à la marche contre l'antisémitisme dans l'après-midi. L'image aurait été impossible il y a quelques années. La fille de Jean-Marie Le Pen était, paraît-il, tout sourire. Celle-là même qui allait valser à Vienne en 2012 avec tout ce que le vieux continent compte de nostalgiques des années 1930, était présente. À quelques mètres de ministres macronistes, et de personnalités du show-business. Le « barrage républicain » est en papier crépon. L'entreprise de dédiabolisation est quasiment achevée.

Sans entrer dans de grandes analyses, la logique est toujours la même. Un système dominant possède deux principaux leviers pour se maintenir face à la montée des inégalités et l'explosion de la précarité. Le premier est de faire croire aux gens en difficulté qu'ils doivent leur misère aux étrangers. C'est le discours classique de l'extrême droite. Le deuxième est de faire croire aux gens en difficulté que s'ils le sont, c'est leur faute. C'est le discours classique du capitalisme qui s'est mué en libéralisme et qui se résume par « tu n'as pas d'argent, c'est ta faute. Bouge-toi le cul et monte ta start-up ».

L'alliance de ces deux forces conservatrices est aujourd'hui à l'œuvre. Elle est d'autant plus sale et dangereuse lorsqu'elle se fait sur le dos d'une noble cause, celle de la lutte contre la connerie haineuse. Des élus RN qui commémorent la rafle du Vel d'Hiv, c'est l'équivalent de Pinochet à la fête de l'Huma.

Notre taxi s'enfonce dans la nuit. Le pays aussi ?

Lundi 13 novembre

Ce lundi est un jour de repos dont je profite au maximum. J'ai posté ma chronique sur les réseaux sociaux. Il semble qu'elle commence à être pas mal partagée mais je ne suis pas du genre à aller scruter les commentaires, les avis, les pouces en l'air, les mauvaises notes. Je laisse comme à mon habitude chacune et chacun se faire son avis, et réagir (ou pas) selon son bon vouloir. Je laisse également le manège médiatique tourner, entrainé par sa belle inertie.

Je me concentre sur le volet judiciaire de cette histoire. Je trie les dernières menaces dans mon téléphone. Je monte un dossier en prenant bien soin de noter la date et l'heure de chaque message pour faciliter le travail d'enquête. « Tu devrais être viré. Il y a des choses qui sont sacrées ! » lis-je sur l'un des mails. Le sacré, toujours.

Cela me rappelle une anecdote qui remonte à quelques années. J'étais de sortie dans les rues de Lille pour préparer ma chronique, micro en main, lorsqu'un type, cigarette roulée aux lèvres, devant un café miteux m'interpelle : « T'es le mec de la radio ? J'ai peut-être quelqu'un pour toi. » Je m'approche, intrigué. « Tu vois le gars au fond du rade, là ? » Je plisse les yeux, tente de détacher quelques ombres de l'obscurité. Assis au fond, seul à une table face à un demi de bière, je distingue un petit homme rabougri, la tête baissée et le visage désolé. Il doit être aux alentours de 10 heures du matin. « C'est l'ancien juge d'instruction de l'affaire Festina. Ça te dit quelque chose ? »

Cela me fait remonter quelques souvenirs d'adolescent, lorsque du fin fond de ma campagne, je regardais à la télévision le Tour de France 1998 et assistais, hébété, à l'exclusion de l'équipe de Richard Virenque pour des soupçons de dopage. Des seringues et des produits avaient été retrouvés dans les poubelles des hôtels occupés par les cyclistes. Un des médecins avait été interpellé et avait commencé à avouer ce qui ressemblait à un système de triche très organisé. Toutefois, je ne comprenais pas ce qu'un magistrat qui avait été au centre et à l'origine d'une telle victoire pour la justice et l'équité pouvait faire dans ce genre d'endroit et dans cet état.

« Va lui demander, je te promets que c'est lui. » J'hésite. Les chances que ce baratin s'avère exact sont minces. Mais quel intérêt aurait ce type, que je ne connaissais pas, à me mentir ? J'entre, saluant les quelques clients au comptoir qui lèvent péniblement la tête. Je commande un café et m'approche de la table.

L'homme a le regard dans le vide. Il fixe un coin du mur dans des vapeurs de bière tiède. Je lance un : « Bonjour, excusez-moi… » Pas de réaction. J'hésite à partir. J'ai une chronique à écrire et pas tellement le temps de m'attarder. « Assieds-toi si tu veux. » Il relève la tête, plante ses yeux tristes dans les miens. Trop tard. Je le remercie. « Je suis désolé de vous déranger mais un monsieur m'a dit que vous étiez le juge de l'affaire Festina et que vous auriez sûrement des choses à dire. » Il semble presque sourire.

« Des choses à dire, j'en ai. Mais j'en ai déjà pas mal raconté dans mon livre. Tu peux vérifier sur Internet si tu veux. Ça s'appelle *Du barreau aux barreaux.* » Il commence à parler. D'une traite. Sans s'arrêter. Presque sans respirer. Il a été radié il y a quelques années pour une faute qu'il avait effectivement commise. Il le reconnaît volontiers. Il avait conseillé une des parties dans un procès alors que cela lui était interdit. La raison officielle de sa mise à l'écart était selon lui compréhensible et légitime. Mais la raison officieuse l'était tout autant.

« Après l'affaire Festina, j'ai commencé à fourrer mon nez dans l'équipe de France de football 1998. Je soupçonnais aussi du dopage. On m'a fait comprendre qu'il fallait que j'arrête immédiatement. » Il n'avait pas arrêté. Selon lui, il avait même commencé à trouver des choses pas très claires. On lui avait à nouveau conseillé de cesser ses recherches. « On m'a dit que l'on ne pouvait pas toucher à cette équipe. Que c'était… sacré. » Il fallait que le miracle ait eu lieu. Que les joueurs aient, à la force de leur talent, terrassé leurs ennemis pour unir dans la fraternité et la joie la France black, blanc, beur. Il fallait que le conte de fées soit réel. Il s'agissait de fédérer un pays. De faire oublier aux gens les inégalités et la misère pour qu'ils communient tous dans la joie et l'allégresse.

Je ne saurai jamais si cette histoire est véridique. Mais c'est ainsi qu'elle m'a été confiée, un matin, dans un bar perdu de Lille. Patrick Keil est décédé en 2019, après avoir été SDF, au RSA, emportant avec lui pas mal de questions et autant de réponses.

Il me reste de cela une leçon : il est difficile de s'attaquer aux mythes. « La Coupe du monde 1998 a été celle de l'EPO », avait lâché le médecin de la Fifa Michel Hooghe, avant de se rétracter. « Certains cadres de l'équipe de France qui évoluaient en Italie présentaient un taux d'hématocrite anormal », se souvient un ancien médecin des Bleus. La vérité finit-elle toujours par triompher ? Pas sûr.

Les vaches sacrées peuplent nos imaginaires. À croire que les civilisations humaines en ont toujours eu besoin et aiment se jucher dessus pour justifier tout un tas de saloperies, comme dans une grande partie de « chat perché » conceptuelle. Plus proche de nous, et toujours dans l'univers du football, le président de la

Fédération française de ce sport, accusé de plusieurs faits de harcèlements sexuels, a fini par quitter sa fonction. Mais pas à cause de cela.

Pour avoir osé commettre le sacrilège de critiquer Zinedine Zidane. Pourrir la vie des femmes reste moins grave que de blasphémer dans ce pays.

Il est toujours intéressant de se pencher sur les totems et les tabous d'une civilisation, ou d'un pays. L'humour permet souvent de révéler les susceptibilités, les limites de la prétendue tolérance.

« J'aime beaucoup tes chroniques, sauf celles où tu parles des [*placer ici la profession de votre choix*] » est un type de message que je reçois beaucoup de la part de ceux qui exercent la fameuse [*profession de votre choix*].

Qui continue à ne pas voir que le danger vient toujours de cette extrême droite qui me traite d'antisémite, tout en invitant Zemmour pour l'écouter glorifier Pétain ? Qui fait semblant ? Selon l'adage, il est difficile de réveiller quelqu'un qui dort, mais il est impossible de réveiller quelqu'un qui fait semblant de dormir.

Sur ce, je vais me coucher (mais pas devant les hypocrites).

Mardi 14 novembre

La loi française est pleine de pièges et de subtilités. Je prends un cours accéléré avec l'un de mes avocats. À partir d'un cas pratique : l'expression « petite vermine antisémite » relève-t-elle de l'injure, de la diffamation ou de la calomnie ?

La diffamation « comporte l'affirmation d'un fait précis ». Exemple : « Escroc, tu as planqué ton pognon dans un compte à Singapour » (toute ressemblance avec un ancien ministre délégué au budget chargé de lutter contre la fraude fiscale et qui tente de faire un retour en politique ne serait peut-être pas si fortuite que cela). « Petite vermine antisémite » ne semble pas correspondre à ce critère.

La calomnie est plus technique. Elle désigne une fausse accusation destinée à causer du tort à quelqu'un volontairement. L'équivalent dans la cour d'école de « Maîtresse, y a Baptiste qui vole des bonbons », alors que Baptiste n'a pas volé de bonbon.

L'injure, quant à elle, « a une portée générale et ne vise aucun fait précis ». Cela semble correspondre au cas qui nous intéresse aujourd'hui.

Avant de porter plainte, nous devons établir ce qu'on appelle un constat d'huissier. Un acte obligatoire qui consiste à faire aviser par une personne agréée que le tweet existe réellement. Or, le tweet existe réellement. Meyer Habib ne l'ayant pas supprimé. Mais cela ne suffit pas. Le document est nécessaire. Il est d'une précision redoutable.

« … Pour ce constat, il convient de se connecter au site Internet www.twitter.com et :

– S'identifier

– Se rendre à l'adresse @Meyer_habib et constater la page qui s'affiche

– Cliquer sur la rubrique "réponse" et constater la page qui s'affiche

– Constater le tweet de Monsieur MEYER HABIB du 2 novembre 2023 à 8:51 PM

– Constater le tweet auquel il répond de Monsieur Guillaume MEURICE du novembre 2023 à 3:27 PM

– Constater les commentaires qui font suite à cet échange de tweets

– Annexer les constatations au procès-verbal de constat. »

Vraiment tous les détails. Y compris le type d'ordinateur utilisé par l'huissier. « Le matériel utilisé est un ordinateur de type Intel Core i7 4790

CPU @ 3.60 Ghz, mémoire vive 8.00 Go, fonctionnant sous Windows 10 Professionnel 64bits. » « La connexion accès distance se fait grâce à une liaison permanente fibre optique fournie par SEWAN COMMUNCATIONS, modem-rooter SAGECOM F@st 5350 BOX, directement sans proxy. »

Il manque juste la couleur du tapis de souris et la photo de fond d'écran.

Coût de l'opération : 400 euros.

La Justice est rendue au nom du peuple de France, mais il est tenu de sortir son chéquier lorsqu'il veut faire appel à elle. Dans le cas contraire, il devra accepter de se faire diffamer, injurier, calomnier, sans réagir.

Meyer Habib n'en est pas à son coup d'essai. Il est même connu et réputé pour ça. En 2020, il avait traité de « petites connes » des parlementaires de gauche. *Le Monde*, dans un article daté de 2022, le décrivait ainsi : « Dans le monde politique français, Meyer Habib est une curiosité, presque un folklore à lui tout seul : absolument sans gêne, il éructe, insulte, menace en toute impunité. »

La définition parfaite du chic type (je prends le risque qu'il porte plainte contre moi pour « atteinte à sa réputation »).

Il est possible que la stratégie de l'intimidation soit efficace. Bon nombre de personnes peuvent se sentir tétanisées devant une telle attitude, surtout venant d'un représentant de la Nation. Une explication au complexe de supériorité propre à certains politiques. Sûrs de leur pouvoir, perchés sur leur arrogance, l'hubris les emporte en même temps que nos derniers espoirs d'une République exemplaire. Plus dure sera la chute.

Pour conclure la journée, je regarde Sibyle Veil invitée dans « C à vous » sur France 5, pour faire la promotion de son livre. La question lui est inévitablement posée sur mon cas et sur ma dernière chronique : « Guillaume Meurice… a fait du Guillaume Meurice. »

Limpide. Chirurgical. Tautologique. Du Sibyle Veil.

Mercredi 15 novembre

« Gérard Larcher, bonjour ! Et bienvenue à ce micro ! »

Encore un politique que l'on mérite. Une caricature à lui tout seul. Président du Sénat. Deuxième personnage de l'État. Un cacique de la droite.

Ancien ministre, ancien maire de Rambouillet pendant vingt et un ans. Vétérinaire de profession. Un ami des animaux dont la passion est de les truffer de plomb lors de grandes parties de chasse. Ce matin, il a troqué sa veste en loden kaki pour la réglementaire cravate des hommes qui se respectent, et les sous-bois pour les studios chauffés. L'homme qui le salue est le présentateur du 7-9 de France Inter, Nicolas Demorand.

Selon une confidence d'un journaliste de la rédaction, Gérard Larcher aurait prévenu qu'il acceptait avec plaisir l'invitation si on lui laissait le loisir de dégueuler sur moi à l'antenne, en préambule de tout autre propos.

Ainsi, à l'aise, il déroule : « Permettez-moi de vous dire au préalable un mot, sur les propos de l'humoriste Guillaume Meurice sur votre antenne, qui a qualifié monsieur Netanyahu d'une sorte de nazi mais sans prépuce. Le président de la commission de la culture et de l'éducation du Sénat a saisi l'Arcom qui devrait statuer dans les prochains jours. Et il évoque, et je cite la saisine "des propos éloignés des missions de service public dévolues à Radio France, notamment celles relatives au respect de la personne humaine, à sa dignité, ainsi que la promotion des valeurs d'une culture et d'un civisme partagé". C'est prévu d'ailleurs dans le cahier des missions des charges. Alors je le dis : c'est pas un débat sur la liberté d'expression. Et comme président du Sénat, j'en suis garant de cette liberté d'expression. »

Toujours le même refrain : « La liberté d'expression MAIS ! » Mais quoi ? Mais où ? Mais jusqu'où ? Doit-on s'arrêter avant les limites de la loi ? Celles et ceux qui les votent voudraient donc qu'on en fixe d'autres ? Lesquelles ? Comment ? Selon leur propre humeur, selon leur agenda politique, selon leur plan de carrière ? Faut-il faire valider nos blagues par Gérard Larcher, Cyril Hanouna, Pascal Praud ou Delphine Horvilleur ?

Pendant ce temps, je ne suis pas à l'écoute de France Inter. Mais dans la salle d'attente du commissariat du XVIe arrondissement de Paris. C'est la première fois que je porte plainte pour des menaces de mort. C'est la première fois que je porte plainte, tout court.

Je suis accompagné par le responsable de la sécurité de Radio France qui suit mon dossier. Il connaît déjà les lieux et ses occupants pour avoir déjà assisté, dans ce type de démarches, d'autres personnes de l'antenne. Nous entrons dans une salle où des agents de police travaillent, tête baissée derrière leur bureau. « Vous êtes l'idole de ma femme », s'exclame l'un d'eux en dévoilant un semblant de sourire. La policière qui prend ma déclaration est visiblement moins auditrice que la femme de son collègue. « France Inter, ça s'écrit en un seul mot ? » Cela dit, elle prend le temps de tout noter consciencieusement, et le soin d'aviser chaque message.

Elle ne m'a pas l'air très au courant de l'actualité au Proche-Orient mais je me garde bien de la blâmer pour cela. Les évènements sont tellement effrayants que la fuite est sans doute le moyen de protection le plus efficace. Alors que je détaille une à une les intimidations reçues, elle note patiemment. « Où habitez-vous ? » me demande la policière. « Voyez-vous un problème à ce que l'on inscrive l'adresse de mon lieu de travail ? » ai-je le réflexe de répondre. « Aucun problème. » Les fuites existent et je m'en méfie. Pas seulement depuis mon problème d'évier.

La déposition faite, je quitte le commissariat. À peine le temps d'avaler un café et de jeter un œil sur mes mails.

J'en découvre un daté du 6 novembre : « Bonjour à toutes et à tous, Je vous dois l'inspiration d'un ouvrage qui sort en ce jour : *Au commencement était l'écoute*. C'est un plaidoyer pour retrouver – au niveau individuel et collectif – le sens de l'écoute… » Ce message (qui sera révélé par *Le Canard enchaîné*) est signé de la présidente de Radio France et envoyé à tous les salariés.

Elle y fait tranquillement la promotion de la sortie de son nouveau livre. Me reviennent ses mots en mémoire : « Le service public n'est pas à la disposition des engagements individuels et des carrières personnelles. » La réalité est une perpétuelle source d'émerveillement.

Jeudi 16 novembre

La journée commence bien. Avec la découverte d'un article dans un hebdomadaire qui suit définitivement avec assiduité mon actualité : « INFO *VALEURS ACTUELLES* : Menacé sur les réseaux sociaux, Guillaume Meurice a porté plainte [...] ce mercredi 15 novembre, selon une source policière. »

Les procès-verbaux fuitent donc des commissariats aux rédactions. Encore un problème d'étanchéité donc.

Lors de mon audition quelques jours plus tard dans les locaux de la police judicaire, j'apprendrai que cela constitue un délit : violation du secret de l'enquête. L'officière me conseillera même de porter plainte.

« Auprès de la police ? » en profitai-je pour plaisanter.

En titre, dans un autre journal, *Le Parisien*, Adèle Van Reeth déclare : « On ne vire pas un humoriste pour une mauvaise blague. » J'ai comme le pressentiment qu'elle parle de moi.

« Avez-vous été convaincue par le Moment Meurice, la chronique hebdomadaire de Guillaume Meurice, de dimanche dernier ?

– Je n'ai pas à l'être, ni à donner mon avis. Guillaume sait que je le soutiens et qu'il a à faire son travail dans la limite du droit. Pour le reste, c'est aux auditeurs de juger.

– La seule limite à l'humour, c'est la loi ?

– Cela a toujours été ma position. C'est parce que je me porte garante de la liberté d'expression à l'antenne que j'ai pu aussi exprimer mon malaise auprès des auditeurs. Eux-mêmes ont d'ailleurs largement exprimé le leur après cette chronique. »

Ce qu'elle oublie de dire, c'est que bien d'autres ont exprimé leur soutien et leurs encouragements.

« Avez-vous envisagé de vous séparer de votre chroniqueur ?

– Non, on ne vire pas un humoriste pour une mauvaise blague faite à un mauvais moment. Ce serait délétère. Qu'est-ce que défendre la liberté d'expression si, à la minute même où des propos nous choquent, nous choisissons de nous débarrasser de la personne les ayant tenus ? La liberté d'expression n'est pas un mot creux ! C'est dans ces moments-là qu'elle est mise à l'épreuve. »

Je reste toujours aussi perplexe devant le « soutien à cette blague qu'il n'aurait pas dû faire et qui a tant choqué nos auditeurs et moi-même mais quand même la liberté d'expression est importante mais attention aussi à ce qu'on dit… etc. » Je me demande à partir de combien d'auditeurs choqués on considère une blague comme choquante ? Et à partir de combien d'auditeurs non choqués cela s'équilibre-t-il ? L'interview se poursuit.

« Cette affaire affaiblit-elle France Inter ?

– Je ne crois pas. Nos résultats d'audience le prouvent. C'est la meilleure réponse aux attaques que nous subissons. »

Car ce jeudi correspond au jour des résultats d'audience. Tous les trimestres, l'institut Médiamétrie diffuse les chiffres, par tranche, par vague, par âge, par genre, par moyenne. J'ai toujours eu un mal fou à m'y retrouver. J'ai l'impression que tous les trois mois, chaque station fanfaronne en choisissant un chiffre qui l'arrange dans les résultats et en communiquant dessus. Ainsi voit-on fleurir sur les panneaux publicitaires des « première radio musicale de France », « première radio sur les 18-25 », « première radio du Poitou », « meilleur quart d'heure en audience cumulée les jeudis de pleine lune »…

Toutefois des tendances se dessinent. Et pour notre émission, elle est plutôt très bonne. De plus en plus de gens nous suivent désormais sur un créneau qui n'est pas simple, celui du dimanche soir. Même si je prends le même plaisir à préparer les chroniques pour 30 ou 30 000 ou 3 millions de gens à l'écoute, c'est toujours agréable de savoir qu'on ne parle pas dans le vide. Beaucoup de personnes sont engagées dans le projet. Qu'elles soient attachées de production (s'occupant des invités, préparant les fiches de documentation sur leur parcours, déblayant l'actualité) ou chargées de la réalisation de l'émission (gérant l'aspect technique de la mise en ondes, égalisant les niveaux, coupant les sons, rattrapant nos erreurs) ou encore stagiaires. Une équipe formidable qui travaille sans relâche pour que l'on puisse être à l'aise à l'antenne. C'est aussi une récompense collective de voir que le temps consacré à produire une telle émission trouve un écho aussi large.

Du temps, j'en passe beaucoup à préparer mes chroniques. C'est dans les allées au salon Milipol, l'un des plus grands d'Europe consacré à l'armement, que je trimballe mon micro en cet après-midi pluvieux. Je suis à Villepinte, en lointaine banlieue parisienne, dans d'immenses hangars remplis de missiles, de fusils auto-mitrailleurs, de drones, avec à chaque stand, comme pour le salon de l'Automobile, des hôtesses en jupe-tailleur chargées d'accueillir les clients. Difficile de faire plus anxiogène.

Sur le chemin, je me demandais comment je serais reçu. Ma tête tourne dans les médias depuis plus de deux semaines, me désignant comme un dangereux chroniqueur.

Dès mon arrivée, une femme m'aborde.

« Ah ! Te voilà toi ! »

Sourire aux lèvres, elle me serre dans ses bras.

« Je peux te faire la bise ? Ne lâche pas l'affaire ! C'est des cons qui veulent te faire taire. Et tu sais quoi ? »

Je ne sais pas quoi.

« Je suis flic ! »

Éclats de rire. L'après-midi commence bien.

Quelques instants plus tard, je déambule au milieu des grossistes en meurtres de masse et de leur matériel dernier cri, je m'amuse à leur demander comment ils vivent la période, si leur business se porte bien. Tous sont ravis. L'argent coule à flots. Le salon semble connaître une fréquentation record. Les vainqueurs de toutes les guerres sont connus à l'avance depuis des siècles : les marchands d'armes.

La suite de la journée est consacrée à l'organisation, ou non, de la prochaine émission. Le suspense est de mise car Charline nous a annoncé hier que son médecin l'a placée en arrêt maladie et qu'elle est donc dans l'impossibilité d'assurer la présentation. Après une longue discussion avec le directeur des programmes, nous actons le fait que l'émission ne pourra se tenir. Cela fait dix-huit jours que la polémique dure, enfle, tourne sur elle-même. Sur Google, la recherche « Guillaume Meurice polémique » renvoie à plus de 378 000 occurrences. Sans cesse alimentée par les mêmes médias. Encore du commentaire, du commentaire de commentaire. Du commentaire de commentaire de commentaire. Le cirque médiatique continue. Avec ses éditorialistes funambules, ses cracheurs de vide, et ses apprentis dresseurs de clowns.

Vendredi 17 novembre

Il pleut sur la gare d'Austerlitz. Je dois jouer ce soir à Châteauroux. Cette journée commence comme une chanson de Barbara. À la main, ma valise de tournée. Sur le dos, ma guitare. Le téléphone sonne. Numéro inconnu. La routine. Je ne réponds pas. Un message est déposé sur ma boîte vocale.

« Bonjour, ici la police judicaire. Vous faites l'objet d'une plainte donc merci de nous rappeler pour convenir ensemble d'un rendez-vous en vue d'une audition. »

Je ne suis même pas surpris. Ou alors surpris de ne pas l'être. À croire que je me suis peu à peu habitué au grotesque. Pas une journée n'est passée depuis plus de quinze jours sans que je ne lise ou que je ne vive quelque chose de totalement absurde. « Note tout ! » m'a conseillé Ramzi Assadi. C'est le rédacteur en chef de notre émission, avec qui on travaille depuis plus de sept ans. Un mec solide et loyal, pince-sans-rire et tête de mule. Une des personnes sans qui l'émission n'aurait pas connu un tel succès. Avec qui je partage la passion du débat sans fin et de Georges Brassens. Avec qui je peux naviguer « en père peinard, sur la grand-mare des canards ».

J'ai froid. Je vais me commander un café dans la gare et m'assois pour téléphoner. L'officière me confirme les plaintes ainsi que les motifs. « Oui, je crois que vous avez fait un trait d'humour qui n'a pas été bien perçu », plaisante-t-elle, faussement naïve.

Je lui demande si je peux venir avec un avocat. Elle me conseille fortement de le faire. Je lui propose de me laisser le temps de m'organiser, et de la rappeler. Un coup de fil plus tard, la date est décidée. Ce sera le mardi 21 novembre au matin. Je devrai me rendre dans des locaux de la renommée « P.J. ». Ceux des interrogatoires qui ont fait la gloire des polars en tout genre. Je n'ai pas le choix. Soit je me présente de mon propre chef, soit je prends le risque d'entendre tambouriner à la porte à 6 heures du matin et de me retrouver en slip devant des policiers, des malinois et les caméras de « 90 minutes Enquête ».

Car il convient de faire la différence entre police et police judiciaire. L'occasion pour moi de peaufiner encore mes connaissances en procédure pénale. « La police judiciaire désigne l'autorité chargée de constater les infractions, d'en rechercher les auteurs et de rassembler les preuves », nous dit le site officiel.

« La police judiciaire a une mission d'investigation et de répression des infractions. Dans l'exercice de leur mission d'enquête, les officiers de police judiciaire peuvent recourir à certains moyens de coercition : garde à vue, perquisition, saisie. Ils exercent ces prérogatives dans un cadre juridique particulièrement précis et sous le contrôle de l'autorité judiciaire. »

Un procureur a donc décidé d'enquêter sur mon cas personnel. Il semble y avoir urgence vu la célérité de la réaction. Je dois représenter un danger pour la République, davantage que tous les politiques corrompus.

Je conseille aux femmes victimes de violences conjugales de dire que leur conjoint a fait une blague sur Netanyahu. Il devrait être entendu par la police plus rapidement.

Je monte dans le train, un homme lit *Charlie Hebdo*. À mon passage, il relève la tête, me reconnait et me lance : « Ne lâchez rien. On est nombreux à être avec vous. »

Je profite du trajet pour raconter mes péripéties à la petite équipe de ma tournée. Erwan Rodary est le producteur de mon spectacle, avec qui je travaille depuis plus dix ans. Une longue histoire d'amitié et de confiance. Un gars capable de négocier à la baisse le tarif des places pour qu'elles soient plus accessibles, quitte évidemment à gagner moins d'argent ; avec qui nous avons convenu d'éviter autant que possible de jouer dans les salles qui appartiennent à des professionnels de la finance. Adieu l'Olympia de Vivendi, le Casino de Paris de Lagardère, les Folies Bergère de Dumontet, le théâtre de Paris de Marc Ladreit de Lacharrière… etc. Bonjour le Café de la Gare, le Café de la Danse, la Cigale, le Trianon… Pour combien de temps encore ?

Assise en face de moi dans le train, Julie Duquenoÿ qui m'accompagne aussi depuis bien des années. Plus que ma régisseuse, elle est devenue depuis longtemps ma véritable partenaire de scène. Mais notre complicité va bien au-delà du spectacle, forgée au fil des nuits à refaire le monde dans tous les bars insomniaques de France.

Notre train file à travers champs dans une joyeuse ambiance.

Le soir, à la demande du préfet soucieux du respect de l'ordre public et de ma protection, des policiers en armes prennent position devant le théâtre. Un agent de la DGSI (Direction générale de la sécurité intérieure) est présent aussi.

Ainsi va la vie d'un humoriste en France, en 2023.

Samedi 18 novembre

La tournée continue. Je joue à Soyaux, non loin d'Angoulême. Quelques heures de transport. Au programme, un peu de tri dans mes courriels. Insultes. Menaces. Messages d'encouragements. « Je suis choqué mais je suis favorable à ce que vous ayez la liberté de parole et d'expression. » « Tu aurais même pu aller plus loin que ça. » « Je ne vous connaissais pas et maintenant je vais vous écouter. » « Je ne manquais aucune de vos chroniques, désormais, c'est terminé. » « Bravo pour le courage et force à vous ! » « Crève. » Toute la palette est là.

Une des questions posées dans un courriel m'interpelle.

« Je sais que votre position est celle d'un anticlérical. Je vous suis depuis des années et je n'ai aucun doute là-dessus. Vous vous attaquez avec humour à toutes les religions. Mais je me demande pourquoi ? Pourquoi selon vous les religions sont un problème ?

Est-ce que l'humain n'aurait pas parfois besoin de transcendance pour supporter sa propre finalité et celle du monde ? »

Le ton est cordial. La question pertinente. Je prends quelques instants pour réfléchir. Je suis en effet très méfiant vis-à-vis des dogmes en général, religieux en particulier. Toute vérité qui semble imposée me paraît suspecte, comme si elle avait besoin d'autre chose que de sa propre existence pour pouvoir subsister ; comme si elle nécessitait au préalable l'adhésion à un catéchisme, à une doctrine. La religion prétend organiser la vie sociale, s'immiscer dans les relations humaines, intimes et contractuelles. Toutefois, je comprends la croyance.

Pour résumer, je crois que je n'ai aucun souci avec la foi. Il est compréhensible que l'on se questionne pour le sens de la vie, la place de notre existence dans cet immense chaos et qu'on tente d'y apporter des réponses. J'ai eu l'occasion de discuter avec plusieurs prêtres qui, intrigués par mon parcours et mon discours – comme je l'étais par le leur –, ont souhaité partager un café. À chaque fois, cela s'est avéré passionnant. Essayer de comprendre l'autre, l'écouter vraiment, constater comment nos cerveaux articulent nos contradictions, quel est le poids de l'éducation, de l'environnement social, de la tradition, sur la pensée… Tout cela constitue une source de questionnement sans fin. Et j'aime le questionnement. À peu près autant que je déteste l'endoctrinement.

C'est sans doute pourquoi je me méfie autant des religions, qui sont les organisations politiques de la foi. Qui tentent de contenir et de structurer des croyances métaphysiques pour en faire un projet de vie en société. Je considère que le fait que le président des États-Unis jure sur la Bible est un réel problème, et qu'un pays puisse baser sa juridiction sur la charia effrayant.

Lorsque Benjamin Netanyahu se sert d'un texte dit sacré pour justifier ses atrocités, cela me fait penser à un type qui se servirait de « Martine au Danemark » pour revendiquer des territoires nordiques. En France, la loi de 1905 dite de la séparation des Églises et de l'État est censée nous prémunir de ce genre d'excès. Mais apparemment, elle n'empêche pas de voir le président de la République s'inviter dans des messes, fêter le ramadan, arborer une kippa.

Parfois je pense à d'autres croyances qui n'ont pas eu autant de chance par le passé. J'aurais aimé qu'il y ait un quatrième monothéisme adorateur d'une fée danseuse classique fan de brocolis bios les vingtièmes mardis de chaque année pour voir le plus haut personnage de l'État une fois par an en tutu à la Biocoop.

Parmi mes courriels, j'en reçois beaucoup de gens désireux de m'aider. L'un d'eux me prévient : « Attention, bien souvent, les innocents se préparent assez mal à la bagarre judiciaire, pensant que la vérité s'impose naturellement. Or le chemin est semé d'embûches rigoureusement placées par les adversaires pour vous faire trébucher. »

Une autre m'envoie une tribune parue dans *Le Monde*, datée de février 2018, signée par Zeev Sternhell, historien, membre de l'Académie israélienne des sciences et des lettres, professeur à l'université hébraïque de Jérusalem, spécialiste de l'histoire du fascisme, et titrée : « En Israël, pousse un racisme proche du nazisme à ses débuts. »

« Je tente parfois d'imaginer comment essaiera d'expliquer notre époque, l'historien qui vivra dans cinquante ou cent ans », s'interroge-t-il. Moi aussi.

D'autres articles de presse m'informent que le qualificatif de « nazi » est régulièrement utilisé au sein même des débats politiques en Israël. Opposants chevronnés de Yitzhak Rabbin, à qui ils reprochaient de favoriser le processus de paix, les amis de Benjamin Netanyahu s'amusaient même à le comparer à Adolf Hitler, et à lui rajouter un uniforme SS sur des photos brandies dans des manifestations.

Une auditrice me fait remarquer, à raison, que je n'ai jamais affirmé que le Premier ministre israélien était un nazi. En effet, j'ai précisé « une sorte de » qui veut dire en langue française « ce que l'on ne peut qualifier exactement et que l'on rapproche de ». Bref, ce pays et cette époque auraient besoin de cours de nuances. Mais en serais-je le meilleur professeur ?

SAMEDI 18 NOVEMBRE

Il est bien évident que ma blague n'avait aucune autre vocation que de désigner uniquement le Premier ministre israélien, et non les Juifs du monde entier, comme certaines personnes essayent de le faire croire depuis des jours.

Certaines personnes… de mauvaise foi.

Dimanche 19 novembre

Ce jour du Seigneur est plutôt calme. L'émission est annulée. Je garde un œil sur l'actualité. Malheureusement la situation ne s'arrange pas. Au Proche-Orient, les massacres continuent. En France, les positionnements évoluent. Certaines personnes peu soupçonnables de complaisances islamistes commencent à prendre la parole.

« Profitant de la tragédie à Gaza, on voit bien les colons israéliens qui se livrent à des violences aux dépens des Palestiniens », affirme un homme, lors d'une audition à l'Assemblée nationale. Il parle de la situation sur place comme d'un « nettoyage ethnique au détail ».

« On en profite pour se débarrasser d'un village gênant, d'une agglomération, voire d'une famille. » Ces phrases sont prononcées par Gérard Araud, ancien ambassadeur de France en Israël, pas vraiment Zaza le zadiste.

Je profite de cette journée pour rattraper mon retard d'articles, de livres et de podcasts. Notamment « Bistroscopie », la nouvelle émission de Charline le samedi après-midi sur France Inter, dont l'invité est le dessinateur Luz. L'épisode est titré : « L'humour est mort ». Morceaux choisis :

« Comment on caricature une société qui l'est déjà ?

– En allant plus loin encore. »

Il y déclare également : « Il faut considérer que l'humour a perdu, et puisqu'il a perdu, il n'a plus rien à perdre et donc, il faut aller encore plus loin. »

Je prends des notes.

Je pense aussi à ces mots, prononcés sous couvert d'anonymat par un prétendu salarié de la Maison de la Radio à mon propos : « Il doit absolument comprendre ce que cela signifie en matière de responsabilité quand on est en temps de guerre. » Ce n'est pas la première fois que j'entends ce type d'argument. Quelle est la responsabilité d'un humoriste en temps de guerre ? Se taire ? Laisser les gens sérieux s'entretuer en prenant soin de ne pas parasiter la beauté des combats ? Laisser le temps à la barbarie d'exprimer son plein potentiel sans venir la souiller de nos blagounettes ? Je m'interroge.

Je m'interroge également sur « le temps de paix ». Particulièrement en Israël. A-t-il déjà existé ? Et même, a-t-il déjà existé quelque part une époque où les humains ne se soient pas étripés dans une partie ou une autre du globe ? Y a-t-il déjà eu un répit de la connerie mortifère ? Aussi loin que remontent mes souvenirs de cours d'Histoire, il ne me semble pas.

Alors que fait-on ? Considérons-nous que tant que les fusils parlent sur un quelconque territoire, les humoristes doivent faire preuve de « responsabilité » ? Ou alors y aurait-il des guerres plus importantes que d'autres ?

Par exemple, celle qui touche le Yémen depuis des années ne fait pas les gros titres des journaux. Les milliers de morts et les millions de civils qui souffrent de la famine et du choléra n'ont que très peu d'impact sur le débat public et la liberté d'expression. Il semble donc qu'on puisse sans précaution particulière en plaisanter.

Le fait que la France vende des tonnes d'armes à l'Arabie saoudite soupçonnée de s'en servir pour massacrer à tour de bras ne semble pas non plus émouvoir. Sur les plateaux télé beaucoup de voix s'élèvent pour lutter contre le danger de l'islam politique, sauf quand il arrive avec une mallette de pognon à la main. Mieux, toutes les semaines, on salue les exploits du PSG, propriété du Qatar, pays protecteur du chef du Hamas. Le foutage de gueule est donc bel et bien une longue tradition de notre pays, avec la gastronomie et l'arrogance.

La satire aussi. Car quelques humoristes s'emparent enfin de l'actualité sulfureuse du moment. Fary débute son sketch ainsi : « C'est fou en France comme on n'aime pas les Arabes. Il y a deux semaines, si tu sortais pour manifester pour les civils palestiniens, tu prenais une amende. Il y a deux semaines, si tu sortais dans la rue pour dire *peut-être qu'il faut tuer un peu moins d'Arabes*, tu devais de l'argent à l'État. »

Parfois l'actualité est tellement grotesque qu'elle se suffit à elle-même. Il y a simplement besoin de rappeler les faits pour que son absurdité éclate.

Fary poursuit.

« Moi je ne pense pas que la France ait peur d'une montée de l'antisémitisme. Je pense qu'elle a peur qu'on se souvienne que, elle, elle l'a été. La France c'est ce personnage qui a commis un crime dans un film de détective et qui se fait attraper parce qu'elle en a trop dit. Elle se fait avoir elle-même. Elle dit :

– Mais vous défendez les Palestiniens, donc vous n'aimez pas les Juifs ?

– Mais attendez… On n'a jamais dit le mot juif.

– Euh… Non… Mais… Non… Ok j'ai collaboré en 39-45 !! Mais ils portaient du Hugo Boss. Je suis le pays de la mode ! »

Ce pays qui s'est vautré dans les grandes largeurs dans la collaboration avec les nazis, tant au niveau politique qu'économique, essaye aujourd'hui de se rattraper, perdu entre sa veulerie d'alors et son zèle d'aujourd'hui. C'est son tabou, sa grande faute morale qu'il tente de refouler. Accusant tout et n'importe qui d'avoir commis les crimes que lui-même a perpétrés et qu'il n'ose toujours pas regarder en face. La France mériterait une grande séance de psychothérapie.

Un autre collègue humoriste, Akim Omiri, s'exprime à son tour sur le sujet : « Avant de paniquer… Je suis pour la paix. Je pense que c'est important de commencer comme ça. » Avant d'enchaîner, en citant, une fois de plus, la simple réalité des faits. En l'occurrence, une prise de parole de Cyril Hanouna qui, quelques jours auparavant, déclarait dans « Touche pas à mon poste » : « Boycotter mon émission, c'est un acte antisémite. »

Akim poursuit en rappelant une citation de Jordan Bardella, nouvelle égérie du Rassemblement national, qui a affirmé : « Je ne crois pas que Jean-Marie Le Pen était antisémite. » La réalité, toujours plus burlesque que n'importe quelle fiction.

Et la réalité ne s'arrêtant jamais, Akim continue d'égrainer les faits.

« Il y a un journaliste de LCI qui a dit qu'il existait un *antisémitisme couscous*. C'est une vraie info. Des fois, j'écris des blagues en me disant que les gens ne vont jamais me croire. Bah si c'est vrai. »

En effet, l'actualité, fournisseuse officielle d'inspiration sans fin pour les plateaux de stand-up.

Rafaella Scheer, nouvelle venue sur la scène humoristique française :

« Moi, je suis non seulement juive mais aussi de gauche. C'est-à-dire que j'ai autant de plaisir d'être avec le monde que Leonardo DiCaprio avec des femmes de son âge. »

Est-il possible que les personnes qui sont payées pour dire des conneries sur scène soient également les plus mesurées et les plus sensées du moment ?

Lundi 20 novembre

L'audition à la P.J. a lieu demain. Juliette Arnaud me téléphone pour avoir de mes nouvelles. Depuis le début du mois, nous échangeons beaucoup. Elle est une des pièces maîtresses de l'émission et une camarade fidèle et attentionnée. C'est un cliché éculé de dire que c'est dans ces moments-là que l'on sait vraiment sur qui l'on peut compter. C'est pourtant le cas.

C'est au tour de mon avocat de m'appeler afin que nous convenions ensemble d'une attitude à adopter. « Prépare des chaussures sans lacets en cas de garde à vue », plaisante-t-il.

De mon côté, j'ai pris quelques notes. Par exemple, cet arrêt fondateur de la Cour européenne des droits de l'Homme daté de 1976 : « La liberté d'expression vaut non seulement pour les informations ou idées accueillies avec ferveur ou considérées comme inoffensives, mais aussi pour celles qui heurtent, choquent ou inquiètent l'État ou une fraction quelconque de la population. Ainsi le veulent le pluralisme, la tolérance ou l'esprit d'ouverture, sans lesquels il n'y a pas de société démocratique. »

Lorsque j'ai commencé à faire des sketchs sur scène, en novembre 2007, j'étais loin de m'imaginer où cela allait me mener. À des rencontres formidables, des salles joyeuses, des fêtes inoubliables, et à une convocation à la police judiciaire. Je me sens serein. Intrigué tout de même, par le tumulte, l'observant à distance comme un scientifique travaillant sur les réactions en chaîne et la théorie du chaos. Il semblerait qu'un battement de LOL d'humoriste puisse provoquer une tempête dans les crânes.

Du côté des journalistes, l'ambiance n'est pas plus paisible. Je découvre que c'est au tour du présentateur de TV5 Monde, Mohamed Kaci, d'avoir des ennuis. Il y a quelques jours, il avait interrogé Olivier Rafowcicz, porte-parole de l'armée israélienne qui revendiquait la riposte à Gaza au nom de la loi du Talion.

« Donc vous vous comportez comme le Hamas, c'est ce que vous nous dites ? » lui avait-il demandé. Colère. Réactions. Panique. La direction de l'information de TV5 s'est désolidarisée publiquement de son journaliste en publiant un communiqué :

« À la fin de l'entretien mené par le présentateur de cette édition, Mohamed Kaci, les règles journalistiques, applicables à toute interview, n'ont pas été respectées. »

Il sera convoqué par sa direction. Communiqué de presse. Comme un air de déjà-vu, déjà-entendu.

Dans un autre article, je lis que certains projettent d'envoyer Netanyahu devant la Cour pénale internationale pour qu'il soit jugé en tant que criminel de guerre. Mais je lis aussi que ce même Netanyahu s'est déjà exprimé sur cette institution en ces termes : « Ce que la CPI a fait, c'est du pur antisémitisme et nous ne fléchirons pas », lorsqu'elle a commencé à enquêter sur les assassinats commis par les colons en Cisjordanie. Avec ce genre de déclaration et d'accusation, chaque personne qui critique la politique israélienne est taxée d'antisémitisme. Et cela finit par faire beaucoup de monde. Ces derniers temps, ce fut aussi le cas de certaines ONG comme Médecins du monde, la Croix-Rouge, ainsi que de personnalités comme Dominique de Villepin, et même Emmanuel Macron, qui après avoir assuré au gouvernement israélien son « soutien inconditionnel », a fini par trouver le bombardement de civils un tantinet exagéré. Même Netanyahu lui-même n'est plus à l'abri de se faire traiter d'antisémite.

Mardi 21 novembre

C'est le grand jour. Convocation dans les locaux de la police judiciaire. Interrogatoire de la BRDP, Brigade de la répression de la délinquance contre les personnes. Même si elle a déménagé du légendaire 36 quai des Orfèvres, elle a obtenu de la part des services de la mairie de Paris l'autorisation de garder ce même numéro à sa nouvelle adresse dans le XVIIe arrondissement. Je m'attends à croiser le commissaire Maigret, ou pire, Olivier Marchal.

Manque de chance, l'adresse sur la convocation n'est pas la bonne. Par la magie des coquilles, le 36 s'est transformé en 6. La crédibilité de l'enquête en prend un coup. Après quelques hésitations, je retrouve mon avocat qui m'attend au pied des nouveaux bâtiments de la Cour de justice de Paris, immense édifice dont l'équilibre semble volontairement précaire, allégorie architecturale soulignant celui de l'institution ?

Nous entrons dans un hall flambant neuf. Après une fouille des sacs et un passage sous les portiques de sécurité, nous rejoignons une petite salle d'attente où quelques avocats patientent, échangeant sur leurs affaires en cours, se plaignant de l'absence de machine à café. Le lieu ressemblerait à l'accueil de n'importe quel siège social d'entreprise, s'il n'y avait pas cette petite vitrine où sont exhibés symboles, écussons, souvenirs à la gloire de la police.

Une jeune femme vient interrompre ma flânerie. C'est l'officière de police judiciaire qui se présente. Souriante, elle nous invite à la suivre.

« Je dois être honnête, je ne vous connaissais pas », m'avoue-t-elle.

Quelques étages en ascenseur plus tard, nous débarquons dans un long couloir. Puis nous entrons dans un petit bureau. Un autre homme est présent. Nous nous installons. L'interrogatoire commence. Il est assez différent de ceux que l'on peut voir dans les vieilles séries françaises. Je ne suis pas ligoté à une chaise et aucune lampe de bureau ne m'aveugle. Mes droits me sont rappelés. Celui de ne pas être obligé de répondre aux questions, et celui de partir quand je le souhaite. Le ton est cordial. Je me permets quelques plaisanteries. La situation est tellement absurde qu'elle ressemble à une plaisanterie elle-même.

Mais il s'agit bien d'une enquête. Pas seulement sur la blague incriminée. Sur moi aussi. Une « enquête de personnalité ». On reprend ma vie depuis le début. Prénoms et noms des parents, nom de jeune fille de ma mère, profession, parcours scolaire, parcours artistique.

« Quand avez-vous commencé à vous produire sur scène ?

– Ah, alors, c'est assez drôle… »

Je leur raconte ma décision d'appeler mon premier spectacle *Annulé*, ce qui est à peu près la pire idée de titre, qui plus est lorsque l'on débarque de nulle part. Rires. L'ambiance est détendue.

« Êtes-vous connu des services de police ? »

Il me semble dans un premier temps que non. J'hésite. Je fouille ma mémoire.

« Ah mais oui ! Une histoire de mur dans la banlieue de Toulouse.

– Je sais, répond malicieusement l'officière. Comment croyez-vous que j'aie eu votre numéro ? »

En effet, l'histoire remonte à quelques années. Ce soir-là, je viens de jouer mon spectacle dans la petite ville de Cornebarrieu, en Haute-Garonne. À l'issue de la représentation, je sors dans le hall pour échanger avec le public, et partager quelques verres. Derrière nous, un mur en terre crue, composé de briques assez friables.

« Pratique pour graver des messages », lance alors un spectateur.

Voulant joindre la théorie à la pratique, je m'empare d'un petit couteau pour graver un simple « Macron démission ». Une inscription peu profonde qui ne dépasse pas 15 × 10 cm, effaçable en un grattement de papier de verre. Mais trop pour le maire qui s'en offusque quelques jours plus tard, averti par l'un de ses adjoints. Et décide de porter plainte contre moi pour « dégradation de bien public ». D'où une convocation au commissariat avec déjà des questions assez surprenantes du genre : « Êtes-vous hostile à la politique du gouvernement ? » Passé un léger moment de stupéfaction, je répondis, sourire aux lèvres : « Oui j'y suis hostile, car j'estime que les policiers ne sont pas assez pris en compte et devraient être mieux payés et mieux considérés. » Regard suspicieux du policier chargé de la déposition, contraint de noter mes propos. Avant de poursuivre.

« Le maire serait d'accord pour abandonner les poursuites si vous vous engagez à rembourser la somme correspondant à la réparation des dégâts.

– Et quelle est cette somme ?

– Je ne sais pas… »

Mais moi, je le sais. La réparation n'a rien coûté. Si ce n'est quelques secondes de « gratounette » selon la personne, que je connais très bien, et qui a été chargée d'effacer mon méfait.

Le policier eut l'air embêté, ne sachant quoi écrire.

« Vous pouvez dire que je m'engage à rembourser l'intégralité de la somme correspondant à la réparation des dégâts… à hauteur de zéro euro. » Même regard suspicieux et désormais, un poil désabusé.

J'apprendrai dans un second temps que lorsque les policiers sont intervenus pour constater les « dégâts », ils mirent un temps fou à trouver l'objet du délit, persuadés que j'avais recouvert les loges de graffitis. Lorsqu'ils tombèrent finalement sur la petite brique en question, ils furent contraints de pousser le contraste de leur appareil photo au maximum pour que l'inscription soit visible.

Le maire retira sa plainte quelques mois après. Je n'ai jamais exactement su pourquoi il l'avait déposée. Le cœur de la République a ses raisons que la raison ignore.

Retour dans les locaux du 36.

« Les choses sérieuses commencent », annonce l'officière.

Cela fait une bonne heure que nous sommes arrivés. Mais ce n'était apparemment qu'un avant-goût, une mise en bouche.

« Vous voyez qui est Mahiedine Mekhissi-Benabbad ? »

Aucune idée.

« C'est un athlète français. Triple médaillé olympique. Il a déclaré qu'en comparaison avec Netanyahu, Adolf Hitler était un enfant de cœur. Qu'en pensez-vous ? »

L'idée est toujours la même. Tenter de me lier, aux prix de fastidieux efforts de contorsions cérébrales plus ou moins subtiles, à des propos plus que problématiques.

« Je n'ai rien à voir avec cette personne dont je ne connaissais même pas l'existence il y a quelques secondes. Je n'ai rien à voir non plus avec ce qu'il dit. »

Je rappelle que j'ai simplement fait une blague dans une émission d'humour et que je n'ai pas pour objectif dans la vie de donner mon avis sur toutes les déclarations débiles de ces dernières semaines.

« Vous connaissez Quenel + ? »

Je me souviens que c'est la chaîne YouTube de Dieudonné. Évidemment, son nom devait arriver à un moment ou à un autre dans cette matinée.

« Dans une de ses vidéos, il vous apporte son soutien. Qu'en pensez-vous ? »

Je n'en pense rien. D'ailleurs je n'ai rien à en penser. Je n'ai pas vu la vidéo et je n'ai pas pour habitude de commenter dans le vide. Et une fois de plus, ma blague n'a rien à voir avec cela.

« Vous vous réclamez de l'esprit Charlie ? »

Bad cop entre en piste.

« Pas vraiment. Mais il se trouve que parmi les dessinateurs assassinés le 7 janvier 2015, il y en avait pas mal dont j'admirais le travail.

– Pensez-vous qu'il auraient pu faire une blague comme la vôtre ? »

Je trouve l'idée de faire parler les morts gênante et saugrenue. À vrai dire, je n'en sais rien. Je garde de ce journal l'idée de liberté, de la folle audace et du courage qui y régnait à l'origine. Mais je ne me sens appartenir à aucune chapelle. Si ce n'était pas encore assez clair, je n'aime pas les chapelles.

« Pourquoi avez-vous voulu faire un sketch sur Netanyahu ? »

Question étrange, venant de la part de personnes censées mener une enquête. Car je dois encore faire remarquer que ce n'est pas, et n'a jamais été un sketch sur Benjamin Netanyahu. Toujours pas.

« Je vais être franche avec vous, je ne l'ai pas vu… »

Tout s'explique.

« Je n'ai trouvé votre chronique nulle part. »

Et pour cause, France Inter a supprimé le podcast de l'émission ainsi que les vidéos, de même que toute trace sur les réseaux sociaux. Pour éviter que ne se répande cette fausse idée qu'il s'agirait d'un sketch ad hominem, j'ai pris soin quelques jours auparavant de reposter moi-même la séquence sur ma chaîne YouTube personnelle. Ce que visiblement, elle n'avait pas pris le temps de vérifier.

« Mais en ce cas, regardons-la, cette chronique ! » proposé-je.

Et voilà comment je me retrouve, dans les locaux de la police judiciaire, à regarder une de mes chroniques avec deux O.P.J. et un avocat. Ironie de l'histoire, au salon Kid Expo dans lequel j'ai interrogé les enfants, se trouvait un stand du ministère de l'Intérieur chargé de faire la promotion de la police auprès des bambins. Au programme, parcours d'obstacles habillé en mini-costume de CRS, petit casque sur la tête et matraque en mousse.

Ma chronique se termine par une interview d'un enfant qui m'avoue sa passion pour les fusils et les pistolets grâce auxquels on peut « tirer sur des gens », et sur la peur des adultes envers la répression et l'État policier. Petit moment de flottement.

L'audition se poursuit. Toujours sur le même registre. La recherche d'une prétendue ambiguïté de ma part. Recherche vaine puisque j'ai toujours trouvé que toutes les discriminations, de même que toutes les structures de domination, étaient à combattre.

C'est ainsi que nous arrivons à la fameuse question. La recherche du « nazi absolu ». Je me demande dans quel esprit a pu germer une telle interrogation ? Qui a pu se dire « tiens je sais ce qu'on va demander à Meurice ! On va lui demander qui est le nazi absolu ! Et on verra bien ce qu'il va répondre !! Je suis un géniiiiie !! »

Cela dit, et malgré la charge de l'accusation et les sous-entendus lourds de sens, l'ambiance reste cordiale, voire détendue. L'exercice intellectuel m'intéresse. Je cherche à comprendre où ils veulent en venir. Ce qu'ils cherchent à prouver. Mais l'interrogatoire s'éternise. Et mon avocat s'impatiente. Je tente une question.

« Vous avez dit que j'étais libre de partir quand je voulais. Mais si je pars maintenant, techniquement, qu'est-ce qui se passe ?

– On vous met en garde à vue. »

Une certaine conception de la liberté.

« Nazifier les Juifs, pour vous, ce n'est pas antisémite ? »

Je rappelle une énième fois que je n'ai pas parlé des Juifs en général mais bien du Premier ministre israélien en particulier. J'insiste sur la démarche d'un humoriste satiriste, son positionnement, l'importance de l'outrance et de l'impertinence. Je rappelle aussi que j'utilise le terme nazi à des fins péjoratives et qu'il semble assez saugrenu de me prêter une quelconque accointance avec ce type d'idéologie. C'est une insulte utilisée par certains Juifs eux-mêmes, et qu'il serait également étrange de les taxer d'antisémitisme. D'ailleurs qu'est-ce qui leur prouve que je ne suis pas juif moi-même ? J'en profite pour leur poser la question. Ils répondent par une autre.

« Vous êtes juif ?

– La police française est vraiment en train de demander à un citoyen français s'il est juif ? »

Sourires gênés.

Au bout de deux heures, l'interrogatoire se termine. Avec mon avocat, je relis ma déposition. Je découvre une déclaration qui m'est attribuée : « Je vise les personnes de pouvoir. »

Je suis certain de ne pas l'avoir prononcée. Elle me dérange. Car en réalité, je ne vise personne. Pas davantage que je ne cible ou que je ne « tape sur » unetelle ou untel. Je fais juste des blagues. Qui n'ont pas d'autre vocation que de tenter de faire rire. Je le fais en essayant d'exposer mon point de vue, certes, mais tout ceci n'est que pitrerie. Je fais corriger la phrase, avant de signer la déposition.

Sur le trajet du retour, mon avocat m'envoie un message. Il s'agit de la capture d'écran d'un post Facebook. Il est signé d'un certain Rémi-Pierre Drai. Cet avocat est connu depuis quelques jours pour être celui du sénateur Joël Guerriau, accusé par une députée de l'avoir droguée à son insu lors d'une soirée à son domicile, dans le but de l'agresser sexuellement. Ironie de l'histoire, ce même sénateur prenait par ailleurs ouvertement fait et cause pour la lutte contre les drogues au sein du Palais du Luxembourg. Son avocat l'avait défendu en direct à la télévision dans une prise de parole devenue légendaire, à enseigner dans les écoles de panache :

« C'est arrivé par accident. […] Il était dans un état très perturbé, très éprouvé. […] Vous avez peut-être entendu parler de cette histoire de chat. C'est un chat qu'il a depuis vingt ans avec sa femme et ses cinq enfants, et ils y sont très attachés. Et c'est un chat en fin de vie d'ailleurs, il est mort quelques heures après. »

Audacieuse défense. Qui lui valut quelques moqueries. Et donc cette réponse de sa part sur Facebook.

« Ce n'est pas tous les jours qu'on fait le buzz sur les plateaux de BFM-TV, RMC et qu'on est gentiment *harcelé* par des dizaines de journalistes. Ce n'est pas tous les jours qu'on fait rire ou sourire les publics du Petit Quotidien ou de France Inter (vous savez la radio du service public qui emploie Guillaume Meurice contre lequel j'ai déposé plainte la semaine dernière pour ses propos antisémites). »

L'avocat qui a donc porté plainte contre moi est celui qui défend un de ses clients en s'appuyant sur le décès de son chat. Vive la réalité !

Je rentre chez moi. BFM-TV titre : « SKETCH SUR NETANYAHU : GUILLAUME MEURICE ENTENDU PAR LA POLICE JUDICIAIRE. »

Il ne s'agit toujours pas d'un sketch sur Netanyahu. BFM-TV ne prend toujours pas le temps de vérifier ses informations. Heureusement, dans ce monde en perpétuel bouleversement, il y a des choses qui ne changent pas.

Suite et non fin

Trois pleines semaines que la polémique bat son plein.

CNews a réussi son coup. Aidée en cela par la lâcheté et le zèle des uns et des autres. Nous pourrions légitimement considérer que trois semaines seraient suffisantes pour une blague, quelques mots, six exactement. Mais c'est sans compter sur une certaine presse enivrée du parfum de scandale et quelques politiques charognards à l'affut de la moindre carcasse à dépecer. Une méthode type de ce qu'on pourrait appeler la « télé Bolloré », presque son unique modèle économique. Voilà pour ce qui est du fameux contexte.

Toutefois, mon avocat s'étonne que la plainte n'ait pas été classée sans suite. Pour ce qui est de l'injure publique, il est nécessaire que ce soit la personne prétendument injuriée qui engage l'action en justice. Et pour la « provocation à la haine raciale », il aurait fallu que je dise une phrase qui assimile et amalgame toute une communauté. Ce qui n'est pas le cas, et n'a jamais été mon but.

« Sans doute y a-t-il eu des pressions », me dit-il.

De la chancellerie ? Des pressions politiques ?

« Je croyais qu'il y avait une séparation des pouvoirs en France ? » répondis-je. Sans doute une de mes meilleures blagues.

La chancellerie désigne les services centraux de la justice. Elle est liée directement à son ministre. L'indépendance de la justice, c'est encore une ancienne garde des Sceaux, Rachida Dati, qui en parle le mieux.

« Je suis chef des procureurs. [...] Procureur n'est pas une profession libérale. [...] Le procureur est là pour appliquer la politique, pour exécuter les décisions du garde des Sceaux et si ce n'est pas le cas, il faut le changer », déclarait-elle lorsqu'elle était en poste.

Alors quand un procureur décide de poursuivre, nous sommes en droit de nous demander si le pouvoir exécutif ne se cache pas derrière. La justice est malheureusement toujours un outil politique.

« Tiens regarde, j'ai trouvé une nouvelle avocate. »

C'est le message que j'envoie au mien, accompagné d'une vidéo. Sibyle Veil, invitée pour la promotion de son livre sur LCP, déclare à mon endroit :

« C'est la phrase d'un humoriste, dans une émission d'humour, c'est pas un journal, c'est pas un politique, c'est vraiment une phrase d'humour [...] mon rôle, c'est plutôt de le protéger. »

Les amateurs de 360 backflip se régalent. Mieux vaut tard que jamais.

Dans le même temps, ma convocation à la police judiciaire alimente les débats médiatiques. Un rabbin, Émile Ackermann, prend ma défense sur les réseaux sociaux, de même qu'un journaliste de *L'Express* et du *Figaro*. Certains de mes détracteurs préférés commencent à penser que cette histoire va un peu trop loin, voire leur échappe.

Un fonctionnaire du ministère de l'Intérieur m'écrit pour m'assurer de sa solidarité avec moi et me propose une visite de la place Beauvau en toute discrétion, bien entendu. Gilbert Collard, ancien député du Rassemblement national et compagnon de route de Marine Le Pen, écrit : « Guillaume Meurice est un vautour des mots mais je suis scandalisé par sa convocation à la police, je le dis clairement. »

Il semblerait que le vent tourne. C'est du moins ce qu'indique la position des girouettes.

Un peu plus tard, j'apprends le retour de l'Arcom : Radio France écope d'une « mise en garde ». Dans l'échelle disciplinaire, il s'agit du deuxième palier, après la lettre de rappel à la réglementation, mais avant la mise en demeure et les sanctions. Cette instance a décidé que ma blague avait « porté atteinte au bon exercice par Radio France de ses missions et à la relation de confiance qu'elle se doit d'entretenir avec l'ensemble de ses auditeurs ». Il semblerait donc que la relation de confiance ne soit pas basée sur la liberté garantie à des humoristes de pouvoir s'exprimer. C'était sans compter sur la souplesse spectaculaire de l'Arcom qui réaffirme dans le même temps et dans un grand écart facial dont elle a le secret « l'importance qui s'attache à protéger la liberté d'expression des humoristes ».

BFM-TV, chaîne sur laquelle Caroline Fourest a relativisé la mort des enfants à Gaza, n'écope d'aucune sanction de la part de l'ancien CSA.

Et pendant ce temps sur les chaînes d'info, chacun continue à déverser sa haine dans la plus grande sérénité. Éric Zemmour déclare que l'islam est incompatible avec la France, Arno Klarsfeld s'inquiète des musulmans qui travaillent sur des chantiers et « ont donc accès à des explosifs », Enrico Macias appelle à dégommer physiquement des élus de gauche.

Le week-end, je joue à Tulle, en Corrèze. Je passe devant une affiche de mon spectacle arrachée. Des fans de François Hollande radicalisés ?

Pour conclure cette nouvelle folle semaine, j'ai l'honneur d'un portrait dans *La Tribune*, le nouvel organe de presse macroniste dominical, propriété du milliardaire Rodolphe Saadé. Deux pages entières. Un modèle du genre. Le texte commence avec l'ambiance qui a régné lors de l'audition.

« Meurice n'a pas hésité à plaisanter avec les enquêteurs chargés de son interrogatoire. » Selon une source proche du dossier, précise la journaliste. Elle semble bien renseignée. Le texte s'annonce sérieux. « Sourire goguenard intact, chemise invariablement froissée, Guillaume Meurice semble imperturbable. » Factuel. « Meurice exècre les religions et leurs représentants. » Un peu exagéré mais passons.

Pour arriver à une partie plus intéressante. « En 2014, il moque une star juive du stand-up : “c'est quand même moins surprenant de voir Gad Elmaleh dans une pub pour la banque que dans un spectacle d'humour”, un post dont les relents antisémites font grincer des dents, déjà. »

Gad Elmaleh est connu par tous les humoristes, et désormais par le public, pour avoir tranquillement plagié des sketchs d'humoristes américains, ainsi que pour sa participation à une publicité du Crédit Lyonnais. Rien à voir avec ses origines ou sa religion donc. Il me semble même que c'est le fait d'y voir un lien qui est soupçonnable d'antisémitisme.

Après quelques contorsions pour tenter de me lier à Dieudonné, et autre rappel de ma présence dans *Siné Mensuel* (créé par le dessinateur Siné, viré de *Charlie Hebdo* pour des accusations d'antisémitisme, relaxé par la justice), elle en arrive à évoquer un podcast que j'ai réalisé ces dernières années où j'imaginais la composition d'un gouvernement. « Julia Cagé à l'Information, Claire Nouvian Première ministre, Corinne Masiero à la Contre-culture et Danièle Obono à la Justice. » Sauf que non. Il ne s'agit pas de Danièle Obono mais de Rokhaya Diallo.

Confondre deux personnes noires dans un papier qui tente de me lier à la haine raciale. Cocasse. Je lui envoie un message. « Dommage de faire deux pages qui tentent de me lier péniblement à l'antisémitisme pour finir par un énorme biais xénophobe. » Elle reconnaîtra son erreur. Mais ne s'excusera pas auprès des personnes concernées.

Alors qu'enfin, la polémique s'essouffle et que les projecteurs des inquisiteurs amateurs se détournent de moi, le patron d'une librairie de Rouen, L'Armitière, décide d'annuler une séance de dédicaces prévue de longue date, « par précaution » dira-t-il à la maison d'édition, ne prenant pas même le soin de m'appeler personnellement. Cartographie de la lâcheté, toujours. J'irai dès que possible dédicacer chez la concurrence.

Le mercredi 13 décembre, je fais la une de *Télérama*. Une question barre mon visage : « Humour, pourquoi ça coince ? » La question mérite d'être posée. Comme tant d'autres.

Doit-on céder aux susceptibilités, aux sensibilités, au chantage, aux soupçons, aux instrumentalisations ? Chacun se fera un avis. Chacun fixera ses limites, dans le cadre de la loi. Une chose est sûre, cela laissera des traces.

Car d'autres questions s'ajoutent aux précédentes. Quel est le signal envoyé à la société sur la liberté d'expression et ses limites ? Quel est le signal envoyé aux jeunes humoristes ? Quel est le signal envoyé aux complotistes ? Comment s'opposer à l'extrême droite qui impose son récit avec la complicité passive ou active des classes supérieures ?

C'est le cas dans cette histoire comme dans beaucoup d'autres. Faits divers, déclarations sorties de leur contexte, polémiques montées de toutes pièces. C'est le récit d'un système dominant qui craint pour sa place, qui cherche à écarter d'autres discours plus redistributifs, plus solidaires.

Ce livre n'a pas vocation à trouver des réponses. Davantage à faire le point sur ces interrogations qui restent en suspens.

Ce livre n'a pas non plus vocation à convaincre celles et ceux qui ne veulent pas l'être. Il expose juste mon point de vue, on ne peut plus subjectif, puisqu'au centre de ce tourbillon médiatique. Paradoxalement, à l'endroit où le vent souffle le moins fort. Donc d'où j'ai pu entendre ce qui s'est dit.

Dans quelques années, peut-être que cet ouvrage brillera par sa banalité, devenu un simple exemple parmi des milliers d'un climat de censure devenu la norme. Peut-être y aura-t-il des sujets à éviter et que tout le monde les évitera.

Ou peut-être que ce livre restera un modeste témoignage d'une époque troublée, mais à laquelle on aura su, collectivement, faire face pour éviter le pire.

Comment résisteront la société, la structure politique, la sphère judiciaire ?

Affaire(s) à suivre…

Remerciements

À Salomé Viaud pour la confiance et la rigolade.

À Élise Van Beneden pour ses conseils et mes avocats Julien Kahn et Hugues Dauchez.

À Juliette Arnaud, Ramzi Assadi et Aymeric Lompret pour leur soutien sans faille.

À celle qui se reconnaîtra ici, pour sa patience et sa présence.

À vous toutes et tous pour vos messages de solidarité, d'encouragements.

À Benjamin Netanyahu sans qui je n'aurais jamais fait la couv' de *Télérama*.

RÉALISATION : NORD COMPO À VILLENEUVE-D'ASCQ
ACHEVÉ D'IMPRIMER SUR ROTO-PAGE
PAR L'IMPRIMERIE FLOCH À MAYENNE
DÉPÔT LÉGAL : MARS 2024. N° 156782 (104410)
IMPRIMÉ EN FRANCE

Les droits d'auteur sont reversés
à Médecins du Monde.